novum pro

wolf k. moor

Kakadu fressen Chihuahua – oder der Snookermord

10 schwarze Krimis und makabre Geschichten

Chili

novum pro

Dieses Buch ist auch als
e-book
erhältlich.

www.novumverlag.com

© 2016 novum Verlag

Urheber des Werkes:
Wolfgang Karl Goffriller

Bibliografische Information
der Deutschen Nationalbibliothek:

Die Deutsche Nationalbibliothek
verzeichnet diese Publikation in
der Deutschen Nationalbibliografie.
Detaillierte bibliografische Daten
sind im Internet über
http://www.d-nb.de abrufbar.

ISBN 978-3-99048-710-5
Lektorat: Tobias Keil
Umschlagfotos: 1000words,
Eduard Kyslynskyy | Dreamstime.com;
nach einer Idee von wolf k. moor
Umschlaggestaltung, Layout & Satz:
novum Verlag
Innenabbildungen:
siehe Bildquellennachweis S. 173

Gedruckt in der Europäischen Union
auf umweltfreundlichem, chlor- und
säurefrei gebleichtem Papier.

www.novumverlag.com

Inhaltsverzeichnis

Nach dem erfolgreichen Kriminalroman „TED – die Morde des Herrn John Goff" bereitet der Autor wolf k. moor nun allen Liebhabern schwarzen Humors mit seinen brandneuen und mit makabrem Humor gespickten Kriminalgeschichten ein feines Lesevergnügen.

Der Riss im Eis

Tief vermummte Gestalten mit eigenartigen Gegenständen in den Händen und in den Tornistern am Rücken marschierten auf den tief gefrorenen Weiher zu. Einige zogen einen Schlitten mit Schneeschaufeln und Bohrern zur Prüfung der Tragkraft des Eises. Andere kamen von mehreren Seiten mit ihren riesigen dieselfressenden SUVS und stellten sich unmittelbar an den Uferrand des Weihers mitten ins Halteverbot. Sie hatten hier noch niemals Verbote befolgt. Die automatischen Hecktüren öffneten sich und wieder wurden undefinierbare Gegenstände an den Uferrand gestellt.

Es war einer dieser tristen, kalten und grauenhaften Wintertage. In der Nacht war zusätzlich viel Schnee gefallen und die Vermummten bildeten einen Zug und betraten, ohne lange zu überlegen, das Eis des Weihers. Der kräftige Befehl: „Eis Frei" erscholl und zehn bärenstarke Typen begannen ein vierzig Meter langes und fünf Meter breites Rollfeld innerhalb von einigen Minuten vom Schnee zu befreien. Dann stellte einer der Vermummten an jedes Ende der nun freien Eisdecke einen schwarzen viereckigen Würfel, genannt auch „schwarze Taube", als Zielscheibe auf. Um sich in Kampflaune zu versetzen, wurden Flaschen mit heißem Rum, Punsch oder hartem Whisky ausgeteilt und sofort Kostproben unter beifälligem Dankesgemurmel an die daheim eingesperrten Frauen geöffnet und die ersten Schlucke in den Rachen gespült.

Dem Fischereiverband, dem schon in den vergangenen Winterzeiten diese Bande von Verbrechern gewaltig auf den Sack ging, weil durch das Stoßen der verwendeten Rammwaffen gegeneinander und auf die schwarzen Holztauben angeblich ein so gewaltiger Lärm unter Wasser entstand, dass viele Karpfen plötzlich auf dem Rücken schwammen. Dieses Phänomen ist auch Green Peace bekannt. Die amerikanische Navy entwickelte zur Echolotung und zu Unterwassermessungen Geräte, die durch den für Menschen unhörbaren Lärm Wale und andere Meeresbewohner orientierungslos machten und sie daher unter furchtbaren Qualen strandeten. Am brutalsten war der unwahrscheinliche Lärm, der von Explorationsschiffen verwendeten Schallbomben. Mit diesen Geräten wurde der Meeresboden nach Öl und Gasfeldern abgesucht. Dieser Fischereiverband, der das alles natürlich wusste, entsandte nun an diesem kalten Wintertag, durch einen anonymen Anrufer aufmerksam gemacht, einen beamteten Fischwächter an den Teich, der die Täter überführen oder unbedingt vertreiben sollte. Eventuell durch Bezahlung einer horrenden Summe könnte man über die Sache reden.

Der pragmatisierte, beamtete und nicht dem Schwimmen mächtige Fischwächter stolzierte vorsichtig über das Eis auf die Menschenansammlung zu. Seit Jahrzehnten übten diese Bestien bei noch so schwierigen Eisbedingungen unter Todesverachtung und unter Missachtung von aufgestellten Verbotstafeln und unter Einsatz ihres Lebens, auf dem Weiher ihre Kampfkraft und Zielgenauigkeit.

Als einer der Täter, ein Allgemeinmediziner, die vermummte Gestalt auf sie zukommen sah, rief er: „Oha, wieder ein neuer Wagemutiger!" Alle vermuteten, ein neuer Schütze begehre aufgenommen zu werden. Doch falls überhaupt, gab es ein ausgiebiges Aufnahmeritual und erst nach diversen Erkundigungen über den Stand des Neuen und seiner Herkunft, denn er musste in der unmittelbaren Umgebung geboren sein, wurde nach einer langwierigen Besprechung vielleicht vorerst eine einmalige Teilnahme ausgesprochen. Er musste auch eine Mutprobe seines Könnens vorführen. Außer die Anzahl der Schützen war ungerade, dann war jeder willkommen.

Er musste nur genügend Kohle in der Tasche haben. Ausnahmen waren auch junge, hübsche, zweibeinige Gesellinnen. Da tauten die Schützen dann erst richtig auf und entwickelten sich zu lang- und gutmütigen, sozial eingestellten Erklärern der komplizierten Kampfregeln. Hunderte Zweibeinerinnen verstanden die Regeln niemals und wurden gnadenlos ausgeladen, mit der Ausrede, das Eis sei heute so dünn, man könne keine Verantwortung übernehmen. Das furchtbare und traurige Gekreische der armen Zweibeinerinnen war bis weit in die Siedlungen zu hören.

Der beamtete Karpfenwächter trat nun zu der erwartungsvollen Runde und begann mit seinen Ausführungen. Er erklärte, und er werde das nur einmal sagen, dass durch das verbotene Treiben der Bande die alten Karpfen vielfach der Schlag treffe und sie den Bauch nach oben drehen. Der Fischereiverband und hauptsächlich er als Beamter müssen dieses Treiben beenden. Denn er, der pragmatisierte Karpfenexperte, habe Wichtigeres zu tun, als dann die Karpfenleichen wieder aufzuräumen. Im Frühjahr müssen dann für viel Geld wieder neue Karpferln eingesetzt werden. Einer der Bande, natürlich ein Jurist, der sich sofort auf die Seite des Rechtes stellte, nickte beifällig und erklärte den „interessierten" Übeltätern: „Hunderte Angler sitzen ja dann im Sommer wieder vor dem Teich und wollen ihre sauteure Fischkarte hereinbringen. Denn es ist ein gewaltiges Geschäft. Fischereiverband, Fischkartenverkauf und dicke fette alte stinkende Karpfen. Ein wahrer Genuss,, wenn der alte Karpfen dann am Teller dahinstinkt. Das muss man sich erst einmal leisten können." „Am ärgsten war es zu Weihnachten, da wurde von der Mama der Karpfen mit Tannennadeln gebraten, um den Geruch zu verfeinern und feierlicher zu wirken. Sein Großvater, der alte Strafverteidiger, der schon fünfzig Jahre vorher in diesem Teich gefischt hatte ohne Fischereikarte, also im Graubereich, erzählte mir, sie haben dies nur aus Spaß gemacht.

Wer den größten Karpfen erwischte, durfte eine vom damaligen Großvater gestohlene Zigarette rauchen. Die gefangenen Karpfen wurden immer wieder in den Teich geworfen. Sie schmeckten schon damals grauenhaft. Ein weiterer Übeltäter, der sich Zeit seines schweren Lebens mit der Zucht von eigenartigen Bienen beschäftigte, wechselte sofort auf die Seite des Karpfenschützers. Er könne dies verstehen, da er jedes Jahr um das Leben seiner Bienenvölker kämpfen müsse. Er werde daher einen Schalldämpfer für die Waffen vorschlagen und entwickeln."

Der beamtete Fischwächter nickte beifällig und fuhr jedoch streng in seinen Ausführungen fort. Die Verbrecher lauschten zunehmend „interessierter" den Worten und seinen sozialen Ausführungen. Sie waren zutiefst traurig und unglücklich, dass sie dies nicht bedacht hatten.

Die Ersten begannen bereits ihre Waffen einzupacken und versprachen, sie würden selbstverständlich die Ausführungen des Fischwächters verstehen und nie mehr ihre Mordwerkzeuge in die Hand nehmen. Das hatten sie wahrlich nicht gewusst.

Einer der Waffenexperten, ein gewisser Karl S., jedoch war nicht so ganz glücklich über die Situation. Es musste etwas geschehen. „Herr Fischwächterbeamter, wir wollen das irgendwie wiedergut machen, was wir hier angestellt haben. Ich will Ihnen etwas zeigen, was Ihre Ausführungen wahrlich unterstreicht. Da durten bei der Insel liegt etwas im Wasser, da werden Ihnen die Grausbirnen aufsteigen. Bitte seien Sie doch so lieb und gehen Sie mit mir zum Tatort." Der Fischwächterbeamte bekam noch rötere Ohren und war sehr erfreut, dass er nun wirklich etwas erreicht hatte.

„Bitten nach Ihnen", meinte der Karl S., „gehen Sie ruhig voraus, ich hole mir nur schnell meine Handschuhe. Gehen Sie ruhig dem im Eis vor einiger Zeit gebildeten und mittlerweile wieder zugewachsenen Riss nach. Es ist völlig ungefährlich, wir kommen schon über hundert Jahre hier auf den Weiher

und es ist noch nie etwas passiert. Wir kennen das seit Kinder-
zeiten und können mittlerweile hören, wie das Eis vor sich
hin wächst." Der beamtete Fischwächter schritt zielstrebig zur
Insel. „Ich komme schon", rief ihm Karl S. nach.

Während die anderen Schützen die Köpfe zusammensteckten,
war ein leichtes Heben der Mundwinkel bei allen zu erkennen.
Der Herr Karl S. folgte der Spur des Fischwächters. „Gehn's nur
weiter, nur mehr ein paar Meter. Ich kann gar nicht so weit mit-
gehen, denn ich kann den Anblick nicht noch einmal ertragen."

Dann hatte der Fischwächter endlich den Rand des Eises
vor der Insel erreicht und rief: „Ist es noch weit?"

„Nein aber passen Sie auf, hier ist der Weiher vier Meter
tief! Nun müssten sie das Corpus Delicti schon sehen."

„Ahh!! Um Gottes Willen, hier ist es", und dann war der
beamtete Fischwächter verschwunden.

Nach einiger Zeit kam der Herr Karl S. wieder zurück und
die Bande hatte inzwischen ihre Waffen wieder ausgepackt
und die Kampftauben aufgestellt. „Ja wo ist denn der Herr
Fischwachebeamte?", meinte ein Professor, der immer alles
auf der Universität gelernt hatte. „Mei bis du ein Depp, hast
du zu viel Punsch getrunken. Da war doch kein Mensch." Alle
stimmten daraufhin ein. „Mei bist du deppert, du Rausch-
kugel. Hast wieder einmal eine deiner Halluzinationen gehabt.
Einen Fischwachebeamten hat er gesehen. Na, jetzt glauben
wir's aber. Jetzt wird es Zeit, dass dich deine Alte zu Hause
einsperrt. Einen Fischwachebeamten hat er gesehen."

Der Depp, der Damische, gab sich geschlagen und es begann
langsam heller in seinem Hirn zu werden. „Manchmal ist es
schon ein Gfrett mit mir", sagte er betrübt und goss sich noch
ein Häferl Punsch ein. Der Allgemeinmediziner klopfte ihm auf
die Schulter und meinte, in deinem Alter könne das schon einmal passieren. „Kommst morgen zu mir in meine Ordination,
ich hab eine gutes Spritzerl für dich, gell!"

Und dann hörte man kurz darauf auf dem einsamen Weiher und dem kalten Eis nur mehr das Geräusch der aufeinanderstoßenden „Eisstöcke" und das Gelächter der Schützen bis spät in die Nacht hinein. Die viereckigen, schwarzen Tauben hatten auch ihren Spaß. Sie liebten das Angestoßenwerden.

Am Anfang hörten die schwarzen Tauben allerdings auch noch ein dunkles Klopfen unter dem Eis, das sie sich aber nicht erklären konnten.

Drei Monate lang bis in den März hinaus waren die Schützen jeden Tag am Eis. Kein beamteter Fischwächter störte die Gaudi.

Das Amt des pragmatisierten Fischwachebeamten wurde auch nie mehr nachbesetzt. Ein pragmatisierter Fischereikartenprüfer wurde geboren.

Im April dann, als das Eis wieder aufgetaut war, fuhr der Herr Karl S. mit seinem E-Bike an den Teich und wunderte sich über das Feuerwehrauto. Er blieb stehen und fragte neugierig, ob wieder eine Wasserschutzübung stattfinde. „Nein, nein", meinte traurig der in einen roten Anzug gewandete Taucher. „Wir haben eine Leiche bei der Insel geborgen."

„Ah so", meinte der Herr Karl S., „was es nicht alles gibt", und zündete sich zufrieden seine fünfundzwanzigste Zigarette an.

In der Gerichtsmedizin wurde die Leiche obduziert. Als die Ärztin den Magen herauszog, sprang ein kleiner junger lebender Karpfen hervor. Die Ärztin bekam einen Lachanfall, sie nahm einen Kübel mit Wasser und legte das Karpfenkind hinein. Am Abend fuhr sie zum Lepiweiher und warf das Karpfenkind in hohem Bogen wieder in den Teich.

„Umsonst war ich keine Pfadfinderin. Das war heute meine gute Tat und eine Sternstunde meines Berufes." Sie lächelte glücklich und versonnen und genoss den herrlichen Abend in der wunderbaren Umgebung.

Der Exhibitionist

Es war wieder einer dieser herrlichen Sommertage angebrochen.

Seit drei Wochen kein einziger Regenschauer in dieser sonst so verregneten alten Stadt. Die Zweibeiner und ihre zwei- und vierbeinigen Mitbewohner litten furchtbar. Es wurde geschimpft und gemurrt und geknurrt, dass es nur so krachte und wenn es regnet murren sie auch.

Beinahe wie in der Sahara. Diese Hitze, einfach unerträglich. So etwas gehört verboten und wer ist schuld? Die Amerikaner und die Russen und natürlich die Deutschen und die Araber. Sie belagern alle unsere Freibäder und unsere sonst immer so sauberen Seen. Mit dem ganzen Gewand und den Burkas hupfen sie in die sauberen Seen und Pools. Ja wo san mir den, san mir am Mond? Man kann keinen Biergarten mehr aufsuchen, überall sind die Fremden und nun auch noch diese Hitze.

Wie schön muss es um diese Zeit wohl in Norwegen, Spitzbergen oder in der Antarktis sein? Das waren die wahren Bewohner dieser alten Stadt, die das von sich gaben, die am liebsten auf den Bergen im Winter herumfuhrwerkten. Mit ihren eigenartigen langen Stangen an den Beinen und Händen. Das taugte ihnen weit mehr als diese Affenhitze. Sie kletterten im Winter wie die Affen auf gefrorene Eiswasserfälle, fielen massenweise wieder herunter, kosteten dem Steuerzahler ein Vermögen und verunstalteten durch ihre Spuren in den herrlichen Winterwäldern die Landschaften. Die vierbeinigen Bewohner der Wälder kamen in Stress und fielen tot in die Schluchten und Felsspalten. Ein wahres Gemetzel war im Gange.

Noch dazu, wo auch neuerdings ein Wolf ein paar arme Schäflein gerissen hatte. Hunderttausend arme Schäflein sind in Gefahr. „So ein Vieh gehört abgeschossen", hörte man an den Wirtshaustischen einiger radikaler Jäger und Bergbauern sowie im öffentlich, rechtlichen und subventionierten Rundfunk. Dass von den hunderttausend armen Schäflein aber 99.950 von den Menschen gefressen wurden hatten sie alle miteinander vergessen. Tourengeher, Touristen, Torturen, Tartaren und neuerdings Wölfe, alles das gleiche Gesindel. Manchmal fiel auch wieder einer der Halunken in eine Spalte oder verschwand samt einem Schneebrett. Gott sei Dank auf Nimmerwiedersehen, um erst im Sommer wieder auszuapern. Aber vorher musste die Bergwacht her. Alleine diese von diesem wilden Bergvolk aus den Alpen gemachte unselige Betrachtungsweise, „die Bergwacht muss her, die wird uns schon wieder herunterholen". Schon allein der Name „Bergwacht" erinnerte sie an alte Zeiten und war für die Ohren der Gletschergeher und sogenannten Touristiker wie eine Ouvertüre aus dem Festspielhaus. Die Bergwacht und ihre Mannen gaben ihnen trügerische Sicherheit. „Die werden schon kommen und uns herunterholen", hörte man die wissenden und Augen rollenden Bergexperten philosophieren. Einer der begnadetsten Bergkraxler und Felsenbezwinger hatte ein eigenes Buch über die Südtiroler Bergwächter und Alpinpolizei veröffentlicht. Das wurde ein Bestseller unter den Älplern und massenweise und teilweise unter den Ladentischen gehandelt. Mancher jedoch war für die Auflösung der Bergwacht, denn wer im Winter auf den eisigen und brutalen Pisten und in den Wäldern die Haserl und Recherl vergrausige und sein Unwesen treibe, habe keinen Anspruch darauf, dass ihn diese tüchtigen jungen und bärenstarken Mander, wieder unter Einsatz ihres noch kurzen Lebens, von den Graten und Felsen herunterholen sollten. *Lasst's sie doch oben, was haben's denn im Winter dort oben zu suchen!* Hört man an den zahlreichen Stammtischen der wichtigen Bewohner dieser sonst so hilfreichen und sozialen Stadt. Das alles trifft auch auf die Völkerwanderung der Bergkraxler und „Mountainbiker" und ihre durch sie geschändeten Berge im

Sommer zu. Aber die, die das sagten, waren eine Minderheit und daher unbedeutend im Gegensatz zu manchen so „wichtigen" Minderheiten in dieser durchorganisierten Stadt.

Es war drückend heiß!

Die Künstler schwitzten sich die bis zur Festspielzeit aufgegessenen Kilos wieder herunter und der Jedermann und seine Gespielin torkelten nur mehr auf der glühend heißen Bühne vor dem Dom herum. Selbst die steinernen Bischöfe und Engerl an der Domfassade bröckelten vor sich hin. Nicht eine einzige Taube wachelte mit ihren Flügerln kühle Luft um den steinernen Herrn Fürsterzbischof. Abgesehen davon, dass viele Tauberl ja ohnehin einer geheimnisvollen Dezimierung zum Opfer fielen. Die alten feinen Damen, die nun nichts mehr mit ihren alten Semmeln und dem alten Knödelbrot anfangen konnten, mussten zum Lepiweiher pilgern. Dort gab es noch hunderte Enten und ähnlich grausliches Getier, das die Gehwege verschiss. Aber auch hier kündigte sich eine Lösung des Problems an. Die *Wörter* absiedeln, zurückschicken, heim an die Seen und schickt sie in ihre Ursprungsländer waren geboren. Fütterungsverbotstaferln wurden zu hunderten aufgestellt.

Aber alte und manche junge Weiberl können halt noch, oder nicht mehr, so gut lesen und so wurde eine Armee von Gänsen und Duckanterln geboren, die terrorartig um die alten Semmeln stritten. Das Begehen der Wege am Rande des Weihers war nun am besten mit Schlittschuhen zu bewerkstelligen.

Wie gesagt, es war heiß.

Aber es gab auch Gott sei Dank andere Zeitgenossen, die dieses Wetter genießen konnten. Das waren die wahren Sonnenanbeter und die Anbeterinnen. Es war eine wahre Pracht, wie sich im nahegelegenen Schwimmbad die Halbnackten stolz den Betrachtern darboten. Ältere Herren lagen am Beckenrand und bekamen Stielaugen und noch mehr, wenn eine junge oder jung gebliebene Badenixe vorbeistolzierte. Auch junge Männer wurden genauestens taxiert und mancher Geilspecht hatte seinen eigenartigen Spaß daran zu beobachten und seine Fantasie verrücktspielen zu lassen.

Die Hitze war einfach furchtbar.

Die vier Bubenfreunde lagen hinter den Badekabinen unter einem großen Kastanienbaum. Dieser Bereich war abgeschottet vom regen Treiben ringsum. Die Badesachen waren so aufgestellt, dass niemand den sakralen Bereich betreten konnte. Die Diskussionen eskalierten.

„Ich habe den Alten im Königswäldchen gesehen. Er hat vor mir seine Hose heruntergelassen und mir seinen Pimmel gezeigt!", sprach mit roten Ohren der Michl. Seine genauen Schilderungen des eigenartigen Corpus Delicti interessierten David überhaupt nicht. Er legte nicht einmal sein Handy zur Seite. „Hör auf Michl mit deinen grausigen Schilderungen. Kein Schwein interessiert das."

„Das ist nicht wahr", protestierten die anderen drei. „Das ist sehr interessant und wenigstens einmal eine ordentliche Abwechslung bei dieser Hitze", meinte der Tom, der Sohn vom Zeller Bauern, dem reichsten Gutshofbesitzer in der Gegend.

„Wir wollen alles genau wissen. Wer hat schon die Möglichkeit so etwas direkt und unmittelbar vor seinen Augen zu sehen?" „Der Alte hat mir auch gewunken und gesagt ‚komm doch Bubi fass an'. Nach genauerem Hinsehen habe ich umgedreht und bin abgehauen."

„Du feiger Wicht, das hätte ich mir nicht entgehen lassen", meinte Tom. „Du bist auch so ein Schweinderl", meinten alle drei auf einmal. „Bist schwul?" Tom wurde dunkelrot, denn das war er wahrlich nicht Michl sagte noch: „Der Alte hat mir nachgerufen, morgen bin ich wieder hier und zeig ihn dir."

„Dichten kann er auch dieses Schwein", meinten alle drei gemeinsam.

„Wisst ihr drei Helden was, wir fahren jetzt zum Almkanal, da ist nicht nur das Wasser kälter, sondern es ist viel geiler und da sind auch keine alten Prolos und Tussis. Auf, auf, Wasser marsch!"

Wie gesagt, es war heiß.

Der Almkanal windet sich durch die Landschaft und hat in letzter Zeit unwahrscheinlich an Bedeutung gewonnen. Nicht nur dass das Wasser zur Stromerzeugung, zur Speisung der alten Brunnen und, wie eigentlich schon immer, auch als Waschgelegenheit in der alten Stadt verwendet wird, er ward auch für so manche Anrainer eine Art fließender Pool geworden. Überall entstanden Einstiegsmöglichkeiten und verchromte Leitern der Betuchteren wurden in den Kanal hintergelassen. Es wurden Holzterrassen bis an den Uferrand gebaut und jeden Tag ließen darauf Menschen den Herrgott einen guten Mann sein. Ohne Baugenehmigung wurden diese Holzterrassen gebaut, ein Verbrechen in dieser Stadt, das normalerweise mit lebenslänglichem Gefängnis, allerdings in einem neu errichteten Gefängnis-Hotel in Puch Oberalm, bestraft wurde.

Endlich kamen vor einiger Zeit ein paar, vom jahrelangen Sitzen vor den Computern, Laptops und Spielkonsolen schwer gezeichnete und bereits gekrümmte sogenannte Jugendliche auf eine Idee. Das ist ja bekanntlich nicht immer selbstverständlich. Sie standen vor Langeweile und versonnen vor dem Kanal, und wie sie so vor sich hin standen und in ihr Handy guckten, läutete dieses und vor lauter Schreck fiel einer der Buckligen ins Wasser. Zuerst war er wie gelähmt und dann kam er doch wieder an die Oberfläche und endlich darauf, dass irgendjemand, wahrscheinlich der alte Opa, ihm gelernt hatte, wie man Schwimmbewegungen machen kann. Es diene ja bekanntlich auch dem Erhalt des Lebens. Die Schwester bekam Stielaugen. „Mei du kannst ja wirklich schwimmen und eine Schwester muss immer das machen, was der größere Bruder tut", und sie sprang, ohne lang zu denken, was ihr nicht sehr schwerfiel, auch in den Kanal. Zufällig fuhren einige junge, gelangweilte Radfahrerinnen vorbei und sahen die beiden im Wasser. Dann hörte man schon die Rufe: „Mei des is geil, da schwimmen zwa im Wasser, des is cool. Is des cool?", fragte der eine? „Na, des wird vom Fernheizwerk beheizt. Kumm eina, wenns die traust." Gesagt, getan, samt den Radln und dem Gewand sprang die Truppe in den Kanal. Bei der jährlichen Almabkehr werden übrigens hunderte Fahrräder, Sessel, Kühlschränke und diverses Gelumpert entsorgt. Es war ein Spaß, so etwas hatten sie noch nie erlebt.

Es wurde immer heißer.

Das war die Geburt des öffentlich „rechtlichen" genehmigten Badens in einem Kanal für die Jugend. Die Anrainer und Kanalpoolbenützer jedoch liefen Sturm. Der Dreck, der Gestank, die laute Musik und der Mist, den diese Neandertaler hinterließen, störte die feine Nachbarschaft sehr. Es wurden Eingaben an die Stadtregierung gemacht und wütende Zeitgenossen, die auch, man glaubt es kaum, selber Kinder hatten und auch einmal selber Kinder waren, drohten mit harten Strafen und letzten Endes, weil alles nichts nützte, mit Verachtung. Der neue Verein der Stadtteilwichtigmacher, der sich nun „Unsere Alm" nannte und sich um die „Probleme" in diesem Stadtteil sehr „sorgte", war sehr dafür und forderte Parkplätze, Kantinen, Würstelbuden, Kreisverkehre, Duschräume und alles, was der Bader so dringend braucht. Der Bürgermeister erschien am nächsten Tag. „Mei des is klass", erklärte der Herr Doktor. „Das will ich auch versuchen", und schon hatte er die Badehose angezogen und sprang in den Kanal. Sekunden später war die öffentlich verordnete und subventionierte Rundfunkeranstalt hier und am Abend in der Heute-Sendung ein einstündiger Bericht über den weitsichtigen Politiker zu sehen. Im darin angeführten Interview gab der beliebte Politiker bekannt, dass die Jahrhunderte dauernden langen Planungen eines Hallenbades für die Bürger sofort eingestellt würden und für die gesamte Bevölkerung als Ersatz der Almkanal öffentlich als Badeplatz in die Raumordnung aufgenommen werde. Aber er werde keine Parkplätze, Kreisverkehre, keine Straßenverlegungen und keine Würstelstände genehmigen!

Der Herr Bürgermeister erklärte in der folgenden, langwierigen und durch gezielte gemeine Angriffe „wichtiger" Gemeinderäte ständig unterbrochenen Gemeinderatssitzung, diese Versammlung unter Androhung von Staatsgewalt aufzulösen. Da sich endlich nach dem Verlassen einiger Schreihälse die Situation beruhigte, konnte er die Sitzung weiterführen. Die auftretenden Argumente der Vertreter der Würstelstandbesitzer wurden bis in die Nacht hinein diskutiert. Man sprach von Diktatur und falschem Demokratieverständnis, da die jungen Menschen ja auch essen müssen usw. Am Ende ließ der Herr Bürgermeister, als Versöhnung und als Entschädigung, ein Würstelbuffet auffahren. Die Grünen jubelten, sie hatten endlich etwas erreicht in dieser Stadt. Die Roten spielten die Internationale und die Schwarzen, Braunen, Kummerln und andere gaben in Pressekonferenzen bekannt, dass sie dies schon längst vorgeschlagen hätten, aber gegen den mächtigen Bürgermeister könne niemand ankommen. Er drehe sich halt wie ein Windradl. Ein Arzt lobte die Volksertüchtigung und überlege ernsthaft eine Übersiedlung an das Ufer des Kanals. Er lebte ja völlig vom Geschehen abgeschieden, unbemerkt im hintersten Tal der Alpen.

Stunden später fuhren Baumaschinen auf und es wurde in kürzester Zeit eine künstliche Welle um ein paar Millionen Euros eingebaut. Selbst im tiefsten Winter standen dann die Menschen Schlange und stürzten sich auf ihre Surfbretter. Nierenentzündungen, Blasenentfernungen, Rheumaschübe und blaue Flecken verschafften den in der Umgebung niedergelassenen Ärzten eine neue Geldquelle. Bei der unmittelbar darauf folgenden Wahl wurde der Bürgermeister von achtundneunzig Prozent der Bevölkerung wieder auf Lebenszeit gewählt.

So was hat man lange nicht gesehen!

Es war fürchterlich heiß!

Endlich waren die Buben beim Almkanal angekommen. Gestern bereits hatten sie ein langes Seil über den Kanal gespannt und begannen affenartig, wie im Hellbrunner Tiergarten, dort hatten sie das erstmals gesehen und studiert, den Kanal zu überqueren. Nun waren sie an ihrem ureigensten Badeplatz angekommen. Das Seil wurde eingezogen und sie waren für niemanden, außer vielleicht einen genehmen Schwimmer, zu erreichen.

Dann ging das Palaver endlich los. „Was tun wir mit der Exhibitionisten-Sau im Königswäldchen? Man muss ja auch an unsere kleinen Schwestern denken. Es ist nicht auszudenken, was die für einen Schaden erleiden würden, wenn sie so etwas sehen."

„Du bist schon auch ein Hirsch. Mei Schwester hat schon ganz andere Sachen am Computer gesehen. Aber sie hat nur gelacht, als sie die vielfach verrenkten Menschen sah und mich bereits alles schon wissend ansah."

„Trotzdem, wir holen die Polizei oder wir jagen ihn zu viert aus dem Wald. Wir kleben ihm ein Schild auf den Bauch usw."

Es kam noch nichts Brauchbares aus den sonst so wendigen Gehirnen. Der Jüngste und sicherlich der Gescheiteste und Klügste von den vier, aber auch ein bisschen ein unberechenbarer Typ, wie ihn sein Bruder ja mehrmals bezeichnete, war schon längere Zeit sehr ruhig und versonnen. Er lag am Rücken und träumte wie schon so oft in anderen Situationen vor sich hin. Plötzlich unbemerkt von den anderen begann sich seine Miene aufzuhellen. „Fabs, reiß di zamm, was brütest den schon wieder so vor dich hin?", warf ihm sein Bruder, der ihn beobachtete, vor. Der Bruder vom Fabs war dessen großes Vorbild. Nicht nur, dass dieser mit beinahe vierzehn Jahren bereits an die 184 cm gewachsen war, war er auch in allen Bereichen ein Anführer und Leader-Typ. Ein sogenanntes Alphamännchen, wie Fabs ihn gerne nannte und dafür manchmal auch eine gescheuert bekam. Nicht fest, aber doch so, dass man es verstehen konnte. Aber beide liebten sich trotzdem und wenn es darauf ankam, war der eine für den Anderen da. „Wann ist der Saubär immer im Königswäldchen?", fragte arglos der Fabs? Der Bruder wurde endlich hellhörig. „Dass du mir ja nicht alleine in den Wald gehst, du Blödian!"

„Nein, nein ich habe ja nur gefragt!"

„Heraus mit der Sprache, ich warne dich, du machst nichts auf eigene Faust, verstehst!"

„Ja, ja ist ja schon gut. Ich werde euch bei Gelegenheit in einen noch nicht ganz ausgereiften Plan einweihen."

In seinem Gehirn war die Sache jedoch bereits vollkommen fertig abgespeichert. Es brauchte nur mehr ein paar Informationen. Die Knaben plauderten ja ohnehin so gerne. Er musste nur noch sehr diplomatisch vorgehen. Dann sagte er: „Aber fragen wird man schon noch dürfen?" Argwöhnisch beobachtete ihn sein Bruder. Er ahnte bereits etwas. Er musste auf der Hut sein, denn er fühlte sich natürlich für seinen Bruder verantwortlich. Der konnte ja schon ein gewaltiges Schlitzohr sein. Dann sagte der Fabs plötzlich, man müsse nur eigentlich wissen, wann der Kerl immer im Königswälchen sein Unwesen treibe. „Na ja, gestern war es so um 15 Uhr", rutschte es dem Michl heraus. „Und wie sah den dieses Ding ungefähr aus? Komm erzähl schon", stichelte der Fabs.

„Ich spring jetzt ins Wasser, du gehst mich an", und weg war der David.

„Na gut, ich sage es euch. Man könnte es vergleichen mit einer alten ledrigen Wurst. Salami? Wienerwurst? Oder Blutwurst, ja so ähnlich, oder vielleicht wie eine Speckwurst?", meinte Fabs. „Ja, das könnte hinkommen." Plötzlich jedoch war David wieder da und sagte: „Und jetzt ist Schluss mit der Blödelei. Ich will nichts mehr davon hören. Jetzt spielen wir eine Runde Karten. Ja, Watten wir eine Runde!" Damit war der Nachmittag bestens ausgefüllt.

Nun war die heißeste Nacht des Sommers angebrochen.

Am frühen Abend, als Fabs bereits im Bett lag und den Tag Revue passieren ließ, dauerte es nicht lange und sein kleines schwarzes Chihuahua-Mädchen sprang wie jede Nacht zu ihm ins Bett. Sie liebten sich beide. Sie war ganz einfach ein wunderbares Hündchen.

Für die Familie war sie der Inbegriff der gemeinsamen Liebe und hielt die manchmal sehr eigenartige Familie zusammen. Sie wurde verhätschelt, geküsst, gekämmt und, wer weiß, was noch alles. Sie wurde auch vorne und hinten geputzt, parfümiert und bei Bedarf gesalbt. Aber, und jetzt kommt es, diese Rasse stammt ja bekanntlich, wie Hundeexperten wissen, aus Mexiko und zählt zu den ältesten Hunderassen der Welt. Die Hündchen wurden allerdings in der restlichen Welt, weil sie ja auch so handlich waren, zu einem Modelabel umfunktioniert. Allein reisende Damen konnten ihre Lieblinge anstandslos in die Flieger, Schiffe, Cafés und Nachtclubs mitnehmen. Ein ideales Geschöpf zum Flirten und Aufreißen.

Männer, für die an sich ein Hund erst bei einem Dobermann begann, schmolzen und schmeichelten aus Falschheit den süchtigen Damen, um an ihre geheimen Ziele zu kommen. Alle, auch die, die bisher noch nie so ein Haustier besaßen und keine Ahnung hatten, wie man mit einem Tier umgeht, mussten also so einen „Taschenhund" erwerben.

Niemand dieser Freaks allerdings wusste jedoch, dass diese Rasse einen für die Fachleute gemeinen, nicht nur durch Kränkung, eigenartigen, bösartigen Instinkt entwickeln und ihn manchmal auch ausleben lassen konnte. Die Hunde wurden, wie nur Eingeweihte wussten, auch schon vor tausend Jahren für die Jagd nach gefährlichen Ratten verwendet und darauf trainiert. Da sie so klein gewachsen waren, konnten sie in die schmalen Höhlen und Gänge der Nager anstandslos eindringen, hatten erstklassige Sprungeigenschaften und eines der spitzesten sowie ein rasierklingenscharfes Zahngebiss. Sie killten die Ratten nicht nur alleine durch Beißen, sondern das zusätzliche heftige Schütteln brach den armen Nagern erbarmungslos und endgültig das Genick.

Dieses süße Hündchen drückte sich nun, trotz der zusätzlichen Hitze unter der Decke von Fabs, mit großem Genuss an ihn.

Fabs kraulte seinem Hundemädchen das kleine Köpfchen und dann murmelte er so vor sich: „Morgen Vormittag, mein kleiner Liebling, werden wir mit dem Training beginnen." Dann stand Fabs noch einmal auf und schlich zum Kühlschrank. Er entnahm daraus die Speckwurst, um die er seine Mammi gebeten hatte. Dann kroch er wieder ins Bett und ließ seinen kleinen Liebling daran riechen. Das Hündchen hob noch verträumt sein Köpfchen und dann fand eine Wesensveränderung statt. Es begann zuerst leicht an der Wurst zu schlecken und dann kam plötzlich ein eiskalter Blick in seine Augen und das Hündchen begann langsam und immer stärker zu knurren. Nun war es aber genug. Fabs sprang aus dem Bett und legte die Wurst wieder in den Kühlschrank. Einige Minuten knurrte das Hündchen noch, aber dann hatte es die Wurst vergessen und schlief zusammen mit Fabs glücklich ein.

Am Vormittag war der große Bruder David in der Gitarrenstunde und Fabs war alleine zuhause. Fabs ging zum Kühlschrank und nahm die Speckwurst heraus. Vorerst nur gering interessiert verfolgten ihn jedoch argwöhnisch die Augen der kleinen Hündin. Sie war natürlich schon hungrig. Beiläufig zog Fabs die Wurst an ihrer Schnauze vorbei und da war er plötzlich wieder, der eiskalte Blick in den Augen der Killerhündin. Ihre Blicke folgten Fabs unaufhörlich. Er legte die Speckwurst gut sichtbar an die Kante der Küchentischplatte. Dann sagte er plötzlich relativ leise: „Fass das Wursti!" Er hatte die Worte noch nicht zu Ende gesprochen, als der Angriff erfolgte. Mit einem Satz war das kleine Geschöpfchen auf der Tischplatte und nun begann das Gemetzel. Mit seinen scharfen Zähnchen zerteilte es die Wurst in Bruchteilen von

Sekunden, dann schleuderte es den Rest so lange hin und her, bis die einzelnen Teile im Wohnzimmer verteilt waren. Fabs stand fassungslos neben dem Tatort. Er hatte zwar mit einer Reaktion gerechnet, aber dass dieses Hündchen so eine Sauerei anrichtete, konnte er nicht ahnen. Er war begeistert. Am nächsten Tag wiederholte Fabs die Prozedur hinter dem Gartenhaus. Er räumte den Gartentisch ab und legte das Wursti darauf. Dann stellte er sich mit dem Hündchen ungefähr drei Meter vor den Tisch. Sie verfolgte interessiert seinen Bewegungen. Als sie die Beute erblickte, begann sie vorerst leicht zu knurren und ließ die Beute nicht mehr aus den Augen. Als Fabs den Befehl: „Fass das Wursti" gab, erfolgte der Angriff innerhalb von Hundertstelsekunden. Das Wursti wurde geteilt, zerbissen, herumgewirbelt und mit Putz und Stingel vertilgt. Kurz schluckte der kleine Liebling noch, dann war vom Corpus Delicti nichts mehr zu sehen. Sie sprang putzvergnügt um Fabs herum und wollte Stöckchen werfen. Fabs tat ihr den Gefallen und lobte sie an diesem Tag besonders. Dann murmelte er vor sich hin: „Morgen gibt's wieder Wursti, mein kleines Raubtier."

Offiziell fühlte sich Fabs am nächsten Tag nicht besonders gut. „Ich bleibe heute zuhause, es ist ja so heiß draußen, dass ich das nicht aushalten kann." Er erntete von der gesamten Familie Verständnis und Anteilnahme. Der große Bruder ahnte rein gar nichts. Alle Familienmitglieder verließen das Haus, um erst am Abend wieder zu erscheinen. „Du fütterst aber die Tiere verlässlich", gab ihm die Mammi den Auftrag. „Selbstverständlich geliebte Mutter, du kennst mich ja!"

„Eben", meinte sie noch stirnrunzelnd. Dann war Fabs mit seinen Tieren allein. Der große Bruder gab ihm noch den guten Rat: „Geh nicht in die Sonne, deine Birne ist sowieso schon rot genug. Wir sind alle am Almkanal. Ciao, kleines Ungeheuer, pass auf mein geliebtes Brüderchen gut auf." Das Hündchen wedelte verständnisvoll mit dem Schwänzchen.

Dieser Tag wurde noch heißer!

Um 14:30 Uhr MEZ machte sich Fabs auf den Weg. Das Hündchen an der Leine betrat er das Königswäldchen. Er musste vorsichtig sein. Gott sei Dank kannte er hier alle Waldwege und spazierte langsam und nach allen Seiten die Gegend absichernd auf dem weichen Boden. Um diese Zeit waren keine Läufer oder Wanderer im Wald. Er hatte also mit keinerlei Hilfe zu rechnen. Nur seine Schnelligkeit, falls wirklich unvorhergesehen Gefahr drohte, war seine Chance zu entkommen. Das machte ihn sicherer.

Nach einigen Metern, bereits im Inneren des Waldes, hörte er ein Geräusch am Wege vor der Biegung. Plötzlich trat das Ungeheuer aus dem Dickicht. Fabs wurde bleich, als er den Unhold sah. Er hob sein Hündchen hoch. „Na, bist du alleine im Wald, hast du gar keine Angst Bubi?"

„Nein, nein", stammelte Fabs. „Ich bin ganz alleine und wollte nur mit meinem Hündchen spazieren gehen."

„Das ist aber schön", sagte der Unhold mit rauer Stimme. „Willst du etwas Wunderbares sehen?"

„Ja, wenn es sein muss", rutschte es Fabs aus dem Mund. „Schau, ich zeige dir was ganz Großes. Schau nur, Bubi, schau nur." Dann knöpfte sich der Unhold seine Hose auf und ein rotes, einem Speckwursti ähnliches Teil kam zum Vorschein. Als der Unhold damit zu spielen begann und ihn aufforderte: „Komm, greife ihn an", setzte Fabs sein Hündchen auf den Boden. „Ah, das gefällt dir wohl, Bubi", meinte der Unhold noch. Die Hündin hatte schon leise zu knurren begonnen, als der Unhold seine Hose öffnete und das Teil herausnahm. Sie ließ die Stelle nicht aus den Augen. Dann flüsterte Fabs plötzlich leise die Worte: „Fass das Wursti!" Die weitere Schilderung der unfassbaren Tragödie wäre dem Leser nicht zuzumuten.

Erst als Fabs um sein Leben rannte, sein Hündchen hatte er völlig vergessen, und als er die unmenschlichen Schreie des Unholdes, die bis in das unmittelbar angrenzende Schwimmbad zu hören waren, kaum mehr vernehmen konnte, blieb er stehen. Die Hündin folgte ihm fröhlich, spielerisch und schwanzwedelnd. Als Fabs ihr auf die Schnauze sah, erkannte er den Gegenstand, der ihr aus dem Maul hing. Dann verlor er für einige Sekunden die Besinnung. Kurz darauf wurde er durch ihre zarte, rosa Zunge abgeleckt und war sofort wieder wach. Er wollte ihr das Corpus Delicti, das sie auf den Waldboden gelegt hatte, wegnehmen, aber sie gab es nicht mehr her und lief den Waldweg voraus. Als er sie erreichte, sah er noch, dass sie begann den Gegenstand zu vergraben. Eine normale und feine Beschäftigung für jeden Hund. Er wartete, bis sie damit fertig war.

Dann nahm er seinen kleinen Liebling an die Leine und machte sich gedankenverloren, leicht seine Mundwinkel erhoben und grübelnd auf den Nachhauseweg.

Wie eine wunderbare Melodie hörte er noch das Folgetonhorn eines Rettungswagens und eines Polizeiautos leise verklingen.

Am Abend kroch das kleine Raubtier wieder zu Fabs ins Bett und schmiegte sich an ihn. „Morgen gibt's aber wieder ein richtiges Wursti, mein braves Raubtiermädchen." Sie öffnete kurz ihre bereits schlaftrunkenen Augen und dann kam ein leises Knurren aus ihrem Maul. Dann schliefen beide zufrieden und glücklich ein.

Kommissar Hugo Perc, der zufällig in der Stadt zu tun hatte, wurde vom Polizeipräsidenten ersucht sich des Falles anzunehmen. Nach Rückversicherung von seiner Wiener Dienststelle wurde dies selbstverständlich dem Kollegen gestattet. Kommissar Perc nahm umfangreiche Ermittlungen auf, die aber selbst nach wochenlangen Recherchen zu keinem Ergebnis führten. Kommissar Perc musste den Fall schweren Herzens in seinem Ordner mit den ungeklärten Fällen ablegen.

Einer, der immer
das Sagen hatte

Der Sommertag kündigte sich zuerst wolkenverhangen an. Am Vormittag jedoch kam die liebe Sonne hervor und die Menschen ahnten, dass die verdammte Sonne es auf sie arme Geschöpfe abgesehen hatte. Spätestens zu Mittag war es heiß und eigentlich schon unerträglich. Sonnenstiche, Sonnenbrände, bis hin zu Hautablösungen und unerträgliche Durstgefühle waren die Folge der „lieben" Sonne. In romantischen Liedern und Texten wurde sie als „oh Sole mio" von tausenden Interpreten besungen und endlose alte und Zukunftsromane verdankten ihr Erfolge oder Misserfolge. Frauen jeglichen Alters setzten sich stundenlang den schädlichen UV-Strahlen aus. Sie wollten braun werden wie Afrikaner, wurden aber rot wie die Indianersquaws. Hautärzte konnten sich Villen am Atlantik bauen und Kreislaufkollapse sowie Hautablösungen verursachten den armen Schwestern und Ärzten in den Hautkliniken und Intensivstationen enormen Arbeitsaufwand. Ihnen war zwar meistens kalt, da die Stationen klimatisiert waren, aber bei diesem Wetter, da machte es erst richtig Spaß, die armen Patienten abzutupfen, einzusalben, zu umsorgen und zu beruhigen. Älteren Zeitgenossen half die liebe Sonne, etwas früher als geplant zu ihr in den Himmel zu kommen.

Bereits zu Mittag konnten der rüstige Opa und die Stiefoma, wie sie manchmal genannt wurde, nicht mehr so richtig Appetit entwickeln.

„Heute gibt's nur Sauermilch, wenn es dir recht ist?", fragte die Stiefoma listig den Opa. „Das ist mir sehr recht, denn es ist zum Essen viel zu heiß", meinte er *beiläufig. Beiläufig* war eines seiner Lieblingsworte. *Beiläufig* ließ er den Rasen von ihr mähen, *beiläufig* wurde das Essen gekocht und vorgelegt. Die Betten und die Fenster wurden halt *beiläufig* und nebenbei gemacht und gereinigt. Für ihn war alles, was die Helfershelfer so machten, *beiläufig* und selbstverständlich. Als er eines Abends *beiläufig* erwähnte, dass sie wieder einmal so *beiläufig* ins Bett gehen könnten, wurde sie erstmals in Gedanken aufmüpfig und ein kleiner Rachegott machte sich in ihrem Gehirn breit. So erledigte der Ehemann also die Liebe halt auch so *beiläufig*. So *beiläufig* lernte die verhärmte und arme Stiefoma einen jungen Tankwagenfahrer kennen, der ihren Tankschlauch reinigte, die Scheiben auch *beiläufig* reinigte und *beiläufig* traf sie sich auch mit ihm zu *beiläufigen* Beschäftigungen.

„Ich gehe jetzt sowieso in den Garten und lege mich in den Schatten auf die Picknickdecke. Ganz hinten, unter der Riesenbirke, wo das Moos wächst, ist es am kühlsten ist. Nimm mir bitte so *beiläufig* meinen Kopfpolster aus dem Schlafzimmer mit. Komm bitte bald nach, sonst fühle ich mich so einsam", sagte er wieder so beiläufig. Dieses Wort hatte sie ja schon mehr als dreißig Jahre gestört, aber die Liebe hatte alles übertüncht. Sie sagte nur leise murmelnd: „Ja mein Schatzi, selbstverständlich." Am Abend gab es wieder ein gutes Papperl und das Wort *beiläufig*" rutschte nun ihr heraus. Er sah seine Frau erstmals ein bisschen verwundert an. „Passt dir vielleicht etwas nicht?", meinte er so von unten herauf. Das war auch so seine Angewohnheit. Andere Menschen entweder von oben herab, quasi wie ein Ganzkörper-Scanner abzutasten oder das Gegenüber von unten herauf zu bemessen. Manche Zeitgenossen wurden durch diese Vermessungen entweder völlig unterwürfig, aber er war auch schon an andere Kaliber Menschen geraten, die ihn ebenfalls von oben bis unten betrachteten und umgekehrt ihn fragten, ob er denn beim Zoll, Beamter oder Gerichtsvollzieher sei, da er so eine präpotente Angewohnheit habe, sie so anzusehen. Dann lachte er meistens und meinte, es sei halt so eine dumme Angewohnheit. Nichts für ungut, lieber Mitmensch. Er sei halt ein Mann mit Humor. Aber die meisten konnten über diese Angewohnheit nicht lachen und schüttelten innerlich ihre Köpfe.

So hatte er ja auch seinerzeit die „Stiefoma" kennengelernt und sie von oben bis unten und von unten bis oben gecheckt. Vor lauter Glückseligkeit hatte sie seine schlechten Gewohnheiten und Manieren nicht gesehen. Erst im Laufe der letzten, nicht mehr lauter Glückseligkeit beinhaltenden Jahre merkte sie endlich, was er eigentlich für ein Wurstel war. Aber jetzt noch etwas zu ändern war schon allein aus finanziellen Gründen nicht so leicht möglich. So *beiläufig* hatte er ja den gesamten gemeinsam erarbeiteten Besitz und alle Sparbücher, Aktien und Goldbestände auf sich übertragen lassen. Das kam ihr erst unlängst in einer schlaflosen Nacht zu Bewusstsein. Sie musste so manches in ihrem Leben, nicht nur *beiläufig*, sondern radikal ändern.

Nach etwa einer Stunde, nach *beiläufiger* Erledigung der Hausarbeiten, machte sie sich ebenfalls in den Garten auf. Der Göttergatte lag schnarchend unter der Birke. Dieses Schnarchen war ja auch so eine Sache. Jahrelang hatte sie diese Geräusche neben ihm ausgehalten. Sich die Ohren zugestopft und Schlafmittel genommen. Aber seine Atemzüge waren so laut, dass selbst die damals noch kleinen Kinder und das Baby in der Wiege nächtelang mit offenen Augen dalagen und erst nach langem Geschichten-Vorlesen einschlafen konnten. Am nächsten Morgen war sie immer fix und fertig. Mit einem Trick gelang es ihr damals noch, sie wenigstens in der Nacht in ein anderes Zimmer übersiedeln zu lassen. Wenn er wieder so vor sich hin hechelte, griff sie ihm brutal zwischen die Beine und dann war er schon wach. „Ich kann nichts dafür Schatzi, es ist so ein Reflex, wenn ich gut schlafe und plötzlich passiert es."

Das konnte er allerdings absolut nicht gebrauchen und sofort kaufte er ihr ein eigenes Bettchen, wie er liebevoll meinte. Er stimmte auch dem Vorschlag, sie würde in den Nächten in eines der unbenützten Zimmer ziehen, so *beiläufig* zu. Die Tür ließ sie absolut schalldicht abdichten und seither konnte die ganze Familie ungestört schlafen. Allerdings begannen die Buben und Mädchen ab dem fünften Lebensjahr ebenfalls überfallsartig, die Gewohnheit des Papas zu übernehmen. Es begann alle wieder von vorne. Erst als die größeren Kinder der Mischpoche endlich ausgezogen waren, kehrte Ruhe in den Nächten ein. Es war wunderbar, aber selbst die schalldichte Türe ließ einen kleinen, manchmal schaurigen Laut durchdringen. Aber das konnte sie aushalten.

Der Göttergatte lag nun laut schnarchend unter der Birke.

Irgendwie tat er ihr ja leid, auch liebte sie ihn manchmal noch, aber in der Summe aller Abwägungen war ein radikaler Schnitt notwendig. Es konnte so nicht die nächsten, vielleicht zwanzig Jahre weitergehen. Noch hatte sie keinen verwertbaren Plan. Als sie es sich im Liegestuhl gemütlich gemacht hatte, kam ihr dann doch noch wie so oft im Leben, der Zufall zu Hilfe.

Eine kleine Gestalt mit einem riesigen Sonnenhut, einer Sonnenbrille des Opas und einer Badehose bekleidet, wanderte langsamen Schrittes durch den Garten. Es war, wie sie nach näherem Hinsehen erkannte, ihre Augen waren ja auch nicht mehr die besten, der Fabs.

Als er zu ihr herankam, sah er den Opa auf der Decke liegen. Er würdigte die Stiefoma keines Blickes und entfernte sich wieder.

Plötzlich sah sie, dass er alle paar Schritte stehen blieb und sich bückte.

Da und dort zupfte er Blumen und Gräser, Farne und Halme vom Boden und von den großen Ziergräsern. Dann nahm er aus der alten, noch immer vorhandenen Sandkiste, Muscheln, Sand und kleine Plastikschüsselchen und Teller, und ging mit einem Plastikkübel bewaffnet schnurstracks auf den Opa zu. Und dann begann eine schaurige Vorstellung. Der Opa schlief so fest, dass er nicht merkte, dass sich der Fabs auf seinen nackten dicken Bauch setzte. Der Opa grunzte nur zufrieden.

Fabs begann ein Beerdigungsritual vorzuführen. Mit Entsetzen vernahm die Oma die völlig andere Stimme des Fabs. Mit feierlichem Ernst und mit großen Gesten begann er das Beerdigungsritual nachzuspielen, das er unlängst im Fernseher in einer Beerdigung und anschließender Einbalsamierung eines ägyptischen Pharaos gesehen hatte. Er begann den Opa zu dekorieren. Legte ihm Blumen und Gräser auf den Bauch, verschönte seine Beine mit Rosenblättern und die Arme dekorierte er mit Farnen und einigen gefangenen Regenwürmern. Der Opa merkte noch immer nichts. Sein Schnarchen war allerdings teilweise durch schweres Atmen unterbrochen und verschiedentlich zeigten sich Aussetzer der Atmung.

Aber noch war nichts passiert. Dann begann die völlig veränderte Stimme des Fabs zu ertönen. Ein schauriger Trauergesang erscholl und anschließend begann er seine Trauerrede.

„Es gibt Menschen, die immer und ewig recht haben, die alles besser wissen als andere." Dann plötzlich gipfelte die Rede in den Worten: „Hier liegt ein dicker Mensch vor uns, der Zeit seines Lebens immer und überall das Sagen hatte." Längere Zeit hatte bereits die Atmung des Opas ausgesetzt. Es war der Stiefoma noch gar nicht aufgefallen, da sie ehrfürchtig den Worten des Fabs lauschte. Da waren ja auch noch ein Atemzug und ein Schnarcher zu hören, sodass sie keinen Verdacht schöpfte. Dann hob der Trauerredner die Arme und sagte schauerlich: „Nun beginnt der Priester mit der Einbalsamierung." Er nahm schwarze Erde und Sand aus dem Kübel und bestrich den Bauch des schon wieder länger nicht mehr schnarchenden Opas. Dann fuhr er dem Opa sanft über das Gesicht, betupfte die Stirn mit Wasser und dann öffnete er ihm den Mund. Dann sagte er feierlich: „Und nun folgt die Einbalsamierung des Körpers im Inneren", und zum Entsetzen der Oma leerte er ihm den Inhalt des Kübels, der mit dem Sand der Sandkiste gefüllt war, in den Mund. Als der Opa noch seinen letzten Schnarcher herausbrachte, war es aber schon zu spät. Die Oma war vor Schreck derartig gelähmt, dass sie völlig bewegungslos der Zeremonie folgte. Mittlerweile war der Fabs wieder vom Bauch gestiegen und ging mit langsamen und würdevollen Schritten ans Schwimmbad. Als sie hörte, dass der Fabs ins Schwimmbad gesprungen war, sah sie mit Entsetzen, dass der Opa nicht mehr atmete und auch nicht mehr schnarchte. Was sollte sie denn tun? Sie musste doch nach Fabs sehen, der vielleicht um sein Leben im Schwimmbad kämpfte. Diese Verantwortung hatte sie doch auch als Stiefoma. Sie sprang auf, vergaß ihren Ehemann und rannte zum Schwimmbad. Was sie sah, brachte sie beinahe an den Rand des Wahnsinns. Im Schwimmbad schwamm nur mehr der riesige Strohhut an der Oberfläche und der Körper von Fabs war am Beckengrund zu sehen. Mit einem tierischen Schrei sprang sie ins Becken. Als sie versuchen wollte den Körper herauszuholen, tauchte prustend der Fabs wieder auf und sagte: „Oma, was sagst du, ist das nicht toll, ich kann schon zweieinhalb Minuten unter Wasser bleiben."

Als sie aus dem Becken steigen wollte, brach unglücklicherweise die alte verchromte Leiter und sie kam nicht mehr heraus. Fabs zog sich aus dem Wasser und meinte: „Oma ich hol den Fahrer des Tankwagens, der schon einige Zeit vor dem Haus steht, der wird dir heraushelfen! Übrigens kann ich dir berichten, dass der Opa nicht mehr schnarcht." Dann verlor die Oma das Bewusstsein und wachte erst in der Intensivstation wieder auf.

An ihrem Bettrand saß ein Mensch in einem ölverschmierten Overall. Dann erkannte sie ihn endlich glückselig. „Mein geliebter junger Tankwart", kam es ihr *beiläufig* von den Lippen. Dann tat auch sie plötzlich ihren letzten Atemzug. *Beiläufig* stellten die Ärzte die Diagnose: „Die Aufregungen waren einfach zu groß. Man konnte nichts mehr für sie tun."

Der Snookermord

(sein letzter Frame)

An einem verhangenen, mit dichten, regenschwangeren Wolkenungetümen verunstalteten Tag lag James Stein über seinem, in der Mitte des Raumes stehenden Billardtisch. Es roch nach Verwesung. Fliegen surrten auf dem ehemals schönen Körper herum. Die Fenster waren verschlossen und sein alter Kater lag unter dem Bett und war tot. Vor seiner Wohnungstür häuften sich einige Werbebroschüren, eine kleine Postkarte, Absender unleserlich, und aus einem Billard-Salon ein Brief.

Der sehr vergesslichen Wohnungsnachbarin Frau Sofie Reinberg, sie war schon weit über fünfundachtzig Jahre, fiel der eigenartige Geruch als Erste auf. Einige Wochen schon klopfte sie mehrmals an die Wohnungstür von James Stein. Da er nicht öffnete, machte sie sich vorerst keine Gedanken. Ihre Gedanken waren in den letzten Monaten sowieso schon immer etwas eigenartig. Sie vergaß eigentlich das Meiste. Sie konnte nicht mehr richtig einschlafen und kam am Morgen kaum mehr aus dem Bett. Wozu auch? Es war ja nichts mehr los. Die Tochter lebte in München und die alte Mutter war ihr nicht so wichtig. Die Tochter wusste ganz genau, dass sie sich um ihre alte Mutter kümmern sollte, aber es gab interessantere und wichtigere Dinge in ihrem mit vielen Männern verdorbenen Leben. Aber sie sollte ihre Gleichgültigkeit und ihre Verantwortungslosigkeit noch zutiefst bereuen.

Vor mehr als zwanzig Jahren war der Ehemann von Frau Sofie Reinberg, ein tüchtiger Handelsvertreter, schon in den Himmel gefahren und seither lebte sie ganz allein in ihrer großen Wohnung in dem alten Wiener Zinshaus. Nicht nur das Haus war uralt, auch die Bewohner waren mittlerweile uralt. Dieses Haus war nichts anderes als eine Gruft mit dahinvegetierenden Körpern, sollte man meinen! Außer bei Herrn James, ihrem wie bereits genannten Wohnungsnachbarn, war bis vor einigen Monaten immer etwas los. Da gingen Männer ein und aus, es gab laute Musik, dann Ruhe, dann wieder Gelächter, dann Gepolter und dann konnte sie durch die geschlossene Verbindungstür der beiden Wohnungen Stöhnen und Keuchen sehr genau hören. Worte, wie: „Stoß nicht so fest", „Geh mit dem Kopf ganz hinunter", „Du musst genauer draufhalten", „Hinein in die Seitentasche und diese verdammten Löcher treiben mich noch zum Wahnsinn." „Du musst das nächste Mal deine Kugeln polieren." oder „Heute ist nicht mein Tag", konnte Frau Steinberg nicht einordnen. Gänzlich unverständlich war, als sie eine Stimme sagen hörte: „Bück dich tiefer, du musst genau zielen. Jetzt ist sie endlich drinnen!" Was war hier im Gange? Frauen hatte sie noch nie bei Herrn James Stein gesehen. Nach diesen Orgien, wie Frau Sofie das Treiben beim Nachbarn beurteilte, läutete dann am nächsten Tag James Stein immer bei ihr und erkundigte sich nach ihrem Befinden und ob sie ja nicht durch seine Besuche gestört worden sei. „Nein, nein James, ich freue mich, wenn Sie Besuch haben und es bei Ihnen lustig zugeht." James war dann sehr hilfsbereit und erledigte manche Schreibarbeiten mit der Hausverwaltung für sie. Wie gesagt, seit ca. drei Monaten hatte sie ihn nicht mehr gesehen und es fanden auch keine Orgien mehr statt. Wie gesagt, sie hatte ihn und auch vieles andere vergessen. Nun also dieser eigenartige Geruch.

Heute war der Tag, an dem immer, wie jede Woche, David zu ihr kam. David war ein junger Mann und versorgte Frau Reinberg mit allem, was sie so zum Leben brauchte. Er war ein sogenannter Zivildiener. Einer also, der nicht bereit war, an der Waffe, wie dieser Staat so schön sagte, seine vom Staat gestohlene Zeit zu erledigen, sondern er wollte einfach nur helfen. Das war ihm wichtiger als das Herumgesaufe seiner Freunde in den Kasernen und die Schikanen von grenzdebilen Ausbildnern, die auf die Jungmänner losgelassen wurden.

Manche seiner Freunde, deren Väter gute Kontakte hatten, brauchten aus fadenscheinigen Gründen keinen Militärdienst leisten. „So ist es halt mit den gleichberechtigten Staatsbürgern", wie David Frau Reinberg immer wieder schmunzelnd sagte. „Wenn es einmal ernst wird, brauchst du dann auch nicht einrücken", meinte Frau Sofie achselzuckend.

David musste jeden Moment kommen. Frau Reinberg freute sich immer wieder über diesen jungen Mann. So stand sie auch diesmal etwas früher auf und hatte sich fein gemacht und etwas Parfum auf die Bluse gespritzt. Seit Jahrzehnten verwendete sie Chanel Nr. 5.

Es läutete pünktlich und Frau Reinberg schaute vorsorglich durch den Türspion. Sie machte nicht jedem auf. David stand vor der Tür.

Als er eintrat, übergab er ihr sofort ein paar Blümchen aus der Gärtnerei von nebenan. Er war nicht nur ein hübscher Bursche, sondern er war auch ein Charmebolzen. Er begann sofort: „Frau Reinberg, am Gang stinkt es nicht besonders fein." „Ja David, mir ist es auch schon aufgefallen und ich glaube, es kommt aus der Wohnung von James. Ich denke, wir sollten nachsehen." Weiteres Klopfen nützte nichts, auch vom Kater war schon lange nichts mehr zu hören. Früher hatte er noch an der Verbindungstür zu ihr gekratzt, und da sie heimlicherweise einen Schlüssel dafür hatte, durfte er auch in ihr Zimmer kommen. Dann saß er meist am Fensterbrett und beobachtete stundenlang die Vögel und andere Katzen. Er war in solchen Fällen meist sehr erregt und seine Katzenschnauze begann merklich zu zittern. Auch die Zähnchen klapperten aneinander. Die Mordlust war dem Kater förmlich anzusehen. Wenn Frau Reinberg hörte, dass James Stein über die Stiege heraufkam, packte sie den Kater und schob ihn in die andere

Wohnung. Das war immer ein bisschen gefährlich, da die Zeit sehr knapp bemessen war. Aber ihr Timing passte und sie und der Kater liebten dieses Spiel.

Das Klopfen an der Tür des Herrn Stein hatte natürlich keinen Erfolg. Frau Reinberg zog David kurz am Ärmel. „Du darfst mich ja nicht verraten. Ich kann über die Verbindungstür in die Wohnung von Herrn James hineinschauen, hineingehen tue ich niemals, habe aber einen Schlüssel. Komm wir schauen nach!" David sah sie ungläubig an und meinte: „Ich weiß nicht, ob wir das tun sollten."

„Sicherlich", meinte sie, „ich hol nur schnell den Schlüssel." Gesagt getan, die beiden öffneten die Türe.

Entsetzt prallten die alte Dame und der junge Herr David zurück.

Der Gestank war fürchterlich und auf einem großen rechteckigen Gestell, das mit einer geraden Fläche, die mit grünem Filz überzogen war, lag ausgestreckt der leblose Körper von Herrn James Stein. Frau Reinberg knallte entsetzt die Türe wieder zu und musste sich in ihren Ohrenstuhl setzen. Während sie noch ihre Gedanken sammelte, wie gesagt, sie hatte ja in letzter Zeit vieles vergessen, wählte David bereits den Notruf der Polizei und gab der Beamtin am Telefon einige Informationen. „Wir sagen ja nicht, dass sie einen Schlüssel zu der Türe haben."

„Nein, ich bin ja nicht wahnsinnig, soll ich vielleicht auch noch die letzten paar Jahre meines langweiligen Lebens im Gefängnis verbringen?"

„Na", meinte der David, „wer weiß, was Sie mit dem jungen Herrn Stein schon alles getrieben haben? Wie oft Sie schon Ihr Ohr an der Tür hatten? Oder auch schon hineingegangen sind?" Sie sah ihn verdutzt an und dann hatte sie sich wieder gefangen. Wenn irgendetwas los war, dann konnte sie perfekt denken. Es war nur immer diese Einsamkeit und dann die Vergesslichkeit, die sie verrückt und schlaflos machten. Sie überlegte, vielleicht wäre es im Gefängnis besser. Es gab ja in letzter Zeit Bestrebungen den Verbrechern den Aufenthalt schön zu machen, sie zu umsorgen und mit einer Legion von Therapeuten und Psychologen oder Physiologen, wie sie immerzu sich selbst sagte, also die Verbrecher auf die Freuden des arbeitslosen Lebens außerhalb dieser Hotelgefängnisse vorzubereiten. Sie würde im Gefängnis dann sicher wieder besser schlafen. Denn man war dort sicher und um sie sehr besorgt.

Nach einigen Minuten ging es richtig los. Folgetonhorn und Polizeibeamte. Die Rettung und ein Arzt trampelten über das Stiegenhaus zur nebenan liegenden Wohnungstür. Dann läutete es an ihrer Tür. „Waren Sie der Mann, der angerufen hat?", fragte im barschen Ton ein schlecht gelaunter alter Polizeibeamter

David stammelte: „Ja Herr Inspektor."

„Sie bleiben alle in ihren Wohnungen", sagte der Polizist, denn mittlerweile hatten sich sämtliche Türen im Haus geöffnet und die Greisinnen sahen interessiert heraus. „Es ist wie in der Geisterbahn im Prater", rutschte es David heraus. „Da hast du wohl recht, du Knallfrosch", meinte liebevoll Frau Reinberg zu David. Nach kurzer Zeit kam der blasse junge Arzt aus der Wohnung, sagte kein Wort und verschwand. „So ein Gestank, das ist ja fürchterlich. Da ist sicher eine Leiche in der Wohnung und eine Katze", rutschte es Frau Reinberg heraus. „Also, so wie der Herr Stein möchte ich nicht enden."

„Wieso glauben Sie denn das?"

„Na ja", reagierte sie blitzschnell. „Den Kater habe ich schon lange nicht mehr gesehen."

„Ah so", meinte der Beamte. Ihm war alles klar. Diese Häuser mit den alten Bewohnern gab es über die ganze Stadt verstreut und jeden Tag war irgendwo etwas los. „Darf ich zu Ihnen hereinkommen", meinte der Beamte? „Dieser Gestank ist nicht auszuhalten und es müssen erst die Gerichtsmedizin und die Spurensicherung und die Kriminalpolizei und, wer weiß, was noch alles kommen." „Möchten Sie einen Kaffee

Herr Inspektor, damit der gute Geschmack wiederkommt?"
Er wollte einen!

„Was machen Sie denn, junger Mann, bei dieser Frau Reinberg?", fragte neugierig der Polizist so von unten herauf. „Na ja, wissen Sie, ich bin ein Diener", stammelte der David, und hatte das richtige Wort vergessen. „Aha, ein Diener, sehr gut, junger Mann. So schauen Sie aus. Name, Adresse, Beruf, Wohnort", kam es nun gestreng aus dem Beamten. Dann fiel es David wieder ein, was er eigentlich war. „Herr Inspektor entschuldigen Sie, ich bin auch etwas aufgeregt. Ich bin Zivildiener und ich mache mein Sozialjahr und bin für die Betreuung der Frau Reinberg eingeteilt."

„Aha, jetzt hab ich dich, also ein sogenannter Drückeberger vom Militärdienst. Naja, ich dachte es mir gleich." Dann schlürfte er seinen Kaffee weiter. „Schreib mir deinen Namen und deine Adresse auf. Aber brav, dass du gleich angerufen hast. So einen Sozialdiener brauch ich auch manchmal, der mir meine Bude zusammenräumt. Mir ist nämlich meine Frau, die Mitzi, mit einem anderen durchgebrannt."

„Das wundert mich nicht", meinte Frau Reinberg. „Wieso?", sagte sehr echauffiert der Staatsbeamte. „Ich bin nicht immer so dienstlich", meinte er plötzlich mit feinem Lächeln. „Ja, aber trotzdem ist die Ihnen davongelaufen."

„Na ja, soll sie glücklich werden. Hier und da sehe ich sie ja noch, dann kommt sie gekrochen und dann gehn wir halt wieder miteinander ins Bett."

„Na, Sie sind mir aber ein Quatschkopf", meinte Frau Reinberg unabsichtlich. „Gnädige Frau, werden Sie nicht anmaßend!"

„Entschuldigen Sie Herr Inspektor, ich bin fünfundachtzig Jahre alt und halt manchmal auch schon wunderlich und vergesslich."

„Das glaube ich Ihnen nicht, in Ihrem Alter brauchen Sie auch nicht noch frech werden, wenn ich Ihnen Intimes aus meinem Leben erzähle. Aber der Kaffee war super."

„Wollen Sie vielleicht noch eine Schaumrolle", meinte Frau Reinberg, „damit wir wieder Frieden schließen können." Da ging dem Herrn Beamten aber das Gesicht auseinander. „Ja, also ich revidiere meine Meinung über Sie, so eine Frau wie Sie hätte ich mir immer gewünscht."

„Sans froh Herr Inspektor, die Frau Reinberg hat's faustdick hinter den Ohren."

„Du Lümmel!", fauchte sie daraufhin David lachend an.

Dann erzählte sie noch ein paar Witze, stellte ein Gläschen Wein auf den Tisch, und als endlich die Stimmung ihren Höhepunkt erreichte, kamen die Spurensicherung und die Gerichtsmediziner. Durch die geschlossene Verbindungstür hörten die Beamten das laute Lachen, und als der Herr Polizeibeamte auch noch ein Wienerlied zu singen begann, reichte es dem inzwischen auch angekommenen Kriminalkommissar.

Kommissar Hugo Perc klopfte ziemlich laut an die Wohnungstür.

Ein junger Mann öffnete ihm und der Kommissar konnte gerade noch sehen, wie eine ältere Dame eine Weinflasche verschwinden ließ.

„Darf ich eintreten?", fragte er höflich, „ich bin von der Mordkommission."

Als Frau Steinberg den Namen Mordkommission hörte, wurde sie blass. Hatte sie vielleicht doch etwas vergessen. „Bitte kommen Sie herein, Herr Kommissar."

Der Polizeibeamte stand auf und nahm Haltung an. „Herr Kommissar, ich habe schon Ermittlungen aufgenommen."

„Das müssen aber lustige Ermittlungen sein, Herr Kollege. Nebenan liegt ein Toter und Sie feiern hier eine Orgie."

„Nein, nein, Herr Kommissar, wir waren nur so entsetzt und der entsetzliche Gestank veranlasste mich die beiden Herren zu bewirten und auf einen anderen Geschmack zu bringen." Kommissar Perc trat auf den Tisch zu. „Wollen Sie sich nicht zu uns setzen und uns ausfragen?", meinte Frau Reinberg.

„Ich muss nur schnell noch einmal lüften, auch in meiner Wohnung stinkt es."

„Ich bin so frei, gnädige Frau", meinte Kommissar Perc, mittlerweile freundlicher und ließ sich auf den harten Stuhl fallen, dass es nur so krachte. „Herr Kommissar, mein Inventar bitte etwas schonender behandeln. Ich brauche den Sessel noch ein paar Jahre." Dann sah der Kommissar die drei Helden an und musste lächeln. „Machen wir es uns nicht zu schwer. Ein paar Fragen und Sie haben mich wieder los." Der Kommissar konnte gar nicht so schnell schauen, als schon eine Schaumrolle und ein Kaffee vor ihm standen. „Frau Reinberg, Sie können Gedanken lesen. Soeben habe ich an eine Schaumrolle gedacht und nun steht sie schon vor mir. Ein Wahnsinn!"

Die Befragung dauerte eine halbe Stunde und der Kommissar machte sich immer wieder Eintragungen in sein Notizbuch. Auf seine Frage, wieso Frau Reinberg nicht früher aufgefallen sei, dass in der Wohnung nebenan sich nichts mehr rührt, antwortete sie ihm: „Bis vor einigen Tagen habe ich noch Geräusche aus der Wohnung gehört. Aber der Herr Stein war manchmal schon wochenlang weg und dann hab ich ihn halt vergessen." Er sagte es ihr zwar immer, da sie auf den Kater aufpassen solle, aber in letzter Zeit habe sie nichts mehr von ihm gehört. In so einem alten Haus sei es manchmal besser, wenn man nicht alles wisse.

Der Polizeiinspektor stand urplötzlich auf. „Um Gotte willen, mein Streifenwagen steht im Halteverbot", und weg war der Ordnungshüter.

Kommissar Perc hatte alles, was er wissen wollte. Dann sah er jedoch noch die Verbindungstüre zur Nachbarswohnung. Die ist fest zu, meinte Frau Reinberg blitzartig, als sie sah, dass der Kommissar bereits fragen wollte. „Ich habe keinen Schlüssel, das dürfen Sie mir glauben."

„Ich habe nur gedacht, dass Sie manchmal dem Herrn James Stein, wie Sie ihn nannten, auch eine Schaumrolle durch diese Tür gereicht haben."

Dann sagte Frau Reinberg etwas, was den Kommissar nachdenklich stimmte. „Der isst nichts Süßes, obwohl er ein richtiger Süßer ist."

„Was heißt das nun wieder?"

„Na ja, der Herr James ist mehr für Männer, also so herausgesagt, er war ein Warmer."

Nun musste der Herr Kommissar Perc ebenfalls herzlich lachen. „Liebe Frau Reinberg, ich gehe jetzt einmal in mein Büro und werde Sie aber bald wieder besuchen, wenn ich darf?"

„Ja sicher, dann ist wenigstens etwas los in meiner Bude, wenn wieder fremde Männer kommen!"

David half nun Verschiedenes im Haushalt zu erledigen und dann verabschiedete er sich ebenfalls sehr bedrückt. „Ich komme nächste Woche wieder vorbei Frau Reinberg. Hoffentlich geht das alles gut aus!"

Als Frau Reinberg durch ihren Türspion schaute, erkannte sie zwei Männer, die einen Zinnsarg aus der Wohnung von James Stein trugen.

Außerdem hatten sie einen Plastiksack auf den Sarg gelegt und Frau Reinberg konnte die Umrisse eines Katers erkennen. Sie brach in Tränen aus! Dann jedoch klopfte es wieder bei ihr an der Tür. Sie öffnete und der neunzigjährige Herr Karamasov lehnte an seinem Rollator. Herr Karamasov wollte sofort bei ihr eintreten. Sie hielt ihn aber zurück. „Nein Herr Karamasov, heute keine Dominospiele."

„Das habe ich schon lange befürchtet, dass in diesem Spukschloss hier etwas passiert", meinte er trocken. „Die bringen den armen Herrn James jetzt in die Gerichtsmedizin und dort schneiden sie ihn dann ganz auf."

„Hören Sie auf Herr Karamasov, ich kann sowieso nur mehr sehr schlecht schlafen. Der arme Herr James, er tut mir ja so leid und erst der Kater", brach es schluchzend aus ihr heraus. Dann schlug sie dem Herrn Karamasov die Türe vor der Nase zu. Er murmelte noch: „Warst es eh wahrscheinlich du, du alte Hexe."

Am nächsten Abend nach seiner Dienstzeit, als die Spurensicherung bereits den Tatort bearbeitet und die Türe versiegelt hatte, fuhr Kommissar Perc noch zu dem alten Zinshaus. Er wollte sich in Ruhe den Tatort ansehen. Mittlerweile hatte er auch schon ein Ergebnis der Gerichtsmedizin. Durch das rechte Auge des James Stein war ein spitzer Gegenstand, wahrscheinlich das Queue, bis in das Gehirn eingetreten. Zusätzlich befand sich auch noch im Hinterkopf eine kreisrunde Verletzung, die eine Schädelzertrümmerung zur Folge hatte und zum Tod führte. Der oder die Täter leisteten perfekte Arbeit.

Kommissar Perc sperrte lautlos mit seinem Spezialwerkzeug die versiegelte Wohnungstüre auf und trat in die Wohnung. Als Erstes musste er das Fenster öffnen. Der furchtbare Geruch der Verwesung lag noch immer in der Wohnung.

Er ging durch die einzelnen Zimmer, um sich vorerst zu orientieren. Dann blieb er vor dem Katzenklo stehen und beobachtete interessiert die Ansammlung verschiedenartiger Larven, Fliegen und Würmer, die es sich darin gemütlich gemacht hatten. Auf der Akademie hatte er ja gelernt, wie man den Todeszeitpunkt eines Menschen oder eines Tieres an den Insekten, die den Körper befallen hatten, ziemlich genau feststellen konnte.

Die Wohnung des James Stein war in ihrer Ausstattung einfach toll. Alle Gegenstände sowie das Mobiliar waren ziemlich neu und von sehr guter Qualität, also sehr teuer. In einem der Räume stand ein französisches Bett, über dem ein seidener Baldachin schwebte. Daneben ein kleiner Schreibtisch. Davor stand mitten im Raum eine funktionsfähige Badewanne, in der das noch schmutzige und nicht abgelassene Badewasser einen grauen undefinierbaren Rand an der Badewanne bildete. Im selben Raum war zusätzlich an der Wand ein Pissoir angebracht, dessen gelbliche Urinreste noch gut zu erkennen waren. Man konnte vom Bett aus alles genau überblicken. „Sehr gemütlich", schoss es Kommissar Perc durch den Kopf. Über dem

Bett war ein circa zwei Meter breites und ein Meter zwanzig hohes Bild in einem Metallrahmen aufgehängt. Es zeigte einen riesigen erigierten Phallus, der im Mund eines schönen jungen Mannes platziert war. Einschlägige Zeitschriften und Bücher aus dem Milieu lagen breit verstreut vor der Badewanne.

Perc stand längere Zeit in diesem Raum und speicherte das Gesehene in seinem Gehirn ab. Dann machte er auch noch seine eigenen Fotos mit der ihm gehörenden Spezialkamera. Im großen Wohnzimmer stand in der Mitte des Raumes ein Snookertisch. Hier lag ja der Verstorbene mit seinem Körper darauf.

Man konnte noch deutlich die Blutspuren sehen. Einige Billardkugeln lagen noch am Tisch und die restlichen Billardkugeln lagen schon in den Taschen des Snookertisches. Das Queue, dessen spitzes Ende die Reste der Gehirnmasse umrahmte, war noch in der Gerichtsmedizin.

Die Abrisse des Körpers von James Stein waren mit Kreide auf dem Tisch eingezeichnet. Nirgends konnte Perc Reste von Zigaretten oder Zigarren finden. James war also Nichtraucher und seine Gäste wahrscheinlich ebenfalls.

Kommissar Perc durchsucht noch die Papiere, die auf dem Schreibtisch lagen, und fand die Vorschreibung der Jahresgebühr eines Billardklubs, mit einem noch nicht eingezahlten Überweisungsschein. Dann sah er noch beim Hinausgehen zu der Verbindungstür in die nebenan liegende Wohnung der Frau Sofie Steinberg. Durch die Türritze am Boden konnte er einen kleinen Lichtstrahl erkennen. Er trat auf die Türe zu und versuchte lautlos den Handknauf herunterzudrücken. Die Türe war versperrt.

Am nächsten Tag suchte Kommissar Hugo Perc den Billardclub auf. Die große und ziemlich verfallene ehemalige Lagerhalle machte einen total herabgekommenen Eindruck. Über dem durch eine ramponierte Stiege zu erreichenden Eingang brannte bereits am Nachmittag eine kleine Lampe. Als Perc durch die alte und abgeschabte Doppeltüre in den Spielsalon eintrat, war er völlig überrascht. Durch ein sehr elegantes Foyer kam man in den etwas abgedunkelten Spielbereich, der mit fünfzehn Billardtischen vollgestellt war. Etwas abseits davon abgetrennt standen zwei größere sogenannte Snookertische. Die mit grünem Filz überzogenen Spielfelder der einzelnen Tische, auf denen gerade gespielt wurde, waren durch mehrere von der Decke heruntergelassene Lampen in schönen Quarz- und Messingfassungen wunderbar ausgeleuchtet. Sonst war es relative dunkel in dem Saal. Eine angenehme und sehr leise Musik kam aus den Boxen. Im seitlich angebrachten Barbereich, der durch einige farbige Neonlampen einen magischen Eindruck erweckte, saßen mehrere Gestalten vor einem kleinen Fernsehgerät. Es war früh am Nachmittag und daher sehr wenig Spielbetrieb. Die zwei Snookertische waren allerdings besetzt und Kommissar Perc trat auf einen der Tische zu. Die Spieler absolvierten vorerst, ohne ihn zu bemerken, voll konzentriert ihre Frames.

Perc setzte sich auf eine Zuschauerbank und wartete, bis die letzte Kugel in einer Tasche verschwand. „Möchten Sie auch gerne einmal mitspielen?", fragte ein hagerer weißhaariger Mensch? „Sie schauen so aus, als wenn Sie ein gutes Auge hätten."

„Sind Sie ein Menschenkenner?", fragte daraufhin Perc. „Es würde mich schon interessieren, was an diesem Sport neuerdings so faszinierend ist. Ich habe in meiner Jugend sehr viel Billard gespielt, aber in den letzten Jahren nie mehr."

„Das macht überhaupt nichts", meinte ein anderer Spieler, ein circa zwei Meter großer Hüne. „Der weißhaarige dürre Verlierer, der gegen mich nie eine Chance hat, möchte sowieso aufhören."

„Das ist nicht wahr", meinte der Hagere, „ich würde noch gerne weiterspielen." „Gusch", kam es vom Hünen und der

Hagere sank vor lauter Ehrfurcht in sich zusammen. „Ist schon recht Will, ich höre schon auf. Du bist ja doch der Beste. Darf ich euch wenigsten noch zuschauen?"

„Sicher, du Würstchen. Ich habe deinen Anblick jetzt schon zwei Stunden ertragen, aber du lernst es sowieso nie mehr und weißt du warum, du schielst ganz entsetzlich. Geh endlich einmal zum Augenklemperer und lass dir deine Augerl richtig einstellen, sonst richte ich sie dir einmal."

„Danke", sagte der Hagere ehrfürchtig. „Kommen Sie her, Mister Billardking und treten Sie gegen mich an."

Perc ließ sich zuerst bitten, „ich habe schon jahrelang nicht mehr gespielt."

„Ein Frame um hundert Euro, ist Ihnen das zu wenig?"
Nun wurde Perc doch etwas hellhöriger und meinte: „Na ja, zehn Euro würden mir auch genügen. Aber an und für sich spiele ich nie um Geld."

„Nichts da, wer mit mir spielt, muss kämpfen. Sieg oder Niederlage entscheidet!"

Kommissar Perc nahm sich ein Queue aus dem Regal und begann mit der Kreide die Spitze einzureiben. „Du darfst beginnen, du Snookerstar", forderte der Hüne Perc auf. Das erste Spiel dauerte nicht lange und Perc war bald k.o. „Nur weiter so, heute habe ich einen Lauf", meinte glückselig der Riese.

Die zweite Partie ging Perc etwas anders an, denn er hatte plötzlich sein Gefühl für die Winkeltechnik und die Behandlung der Kugeln wieder besser erlangt. Er erinnerte sich, dass er sich weiter hinunterzubeugen hätte, und an seine alte, gut angewinkelte Armstellung über dem rechten Fuß. Außerdem bewunderte er ja oft bis spät in die Nacht die Akteure der Snookerweltmeisterschaften. Hier sah er doch einiges, was wichtig war. Auch Spielanleitungen und Vorschläge hatte er sich unlängst auf sein Laptop heruntergeladen. Er ließ sich nun wesentlich mehr Zeit und nun begann der Riese plötzlich zu transipirieren. Perc mit seinem ausgeprägten und manchmal für ihn furchtbar unangenehmen Geruchssinn konnte den ungewaschenen Körpergeruch des Riesen deutlich wahrnehmen. Bei seinen letzten Stößen hatte Perc plötzlich einen Lauf. Einen sogenannten Lewandovski, wie die Fachleute immer meinten. Als krönendem Abschluss gelang ihm mit der weißen Kugel die schwarze Kugel vom anderen Ende der Spielfläche direkt in die gegenüberliegende Tasche zu jagen. Perc riss vor Freude seine Arme hoch und jubelte. Der Riese verließ wutentbrannt den Tisch, ging an die Billardbar und beschimpfte den Betreiber des Saloons lautstark und auf das Ärgste. Schuld war nun dieser, da seine Tische veraltet und die Kugeln nicht poliert seien. Der Betreiber versank buchstäblich hinter seinem Tresen. „Entschuldige Will, es wird nicht mehr vorkommen. Ich lasse sofort die Kugeln aufpolieren."

„Polier sie gefälligst selbst, du Faulpelz!"

Dann hörte Perc noch, wie der Riese zu ihm herbrüllte: „Na Sie Kugerlmeister, jetzt will ich aber noch eine Revanche." Perc sagte: „Nein, lieber Herr, das war für den Anfang genug." Der Riese walzte nun auf ihn zu. „Was hast du gesagt, du Billardzwerg, wenn ich sage, es wird gespielt, dann wird gespielt."

Perc zog sich seine Jacke an und sagte seelenruhig: „Und wenn ich sage, es ist aus, dann ist es auch aus." Der Riese nahm nun das Billardqueue vom Tisch auf und wollte Perc damit eine überziehen. Doch der Kommissar war wieder eine Spur genauer als der Riese und hatte den Winkel schon längst berechnet. Er packte das Queue, riss es dem Riesen aus der Hand und schlug ihm mit einem gezielten Schlag das dickere Ende des Queues über den Schädel. Der Riese schaute zuerst etwas verdutzt, mehrere Kugeln drehten sich in seinem Kopf und dann ging er schweigend zu Boden. Der weißhaarige Hagere trat auf Perc zu und gab ihm begeistert die Hand. „Das war allerdings kein guter Einstand in unseren Billardclub, mein Herr, hoffentlich überleben Sie das!"

Der Betreiber des Saloons lud auf diesen Schreck hin Perc aber auf ein Getränk ein. Mittlerweile transportierte die Rettung das blutende und bewusstlose Opfer ins Spital, während die anwesenden Billardspieler vor Begeisterung alle in die Hände klatschten.

Die Funkstreifenbesatzung war so schnell weggefahren, wie sie auch gekommen war, als sie den Kommissar erkannte. Er deutete den beiden Beamten kurz an, nicht zu fragen, er habe die Sache im Griff und werde sich darum kümmern. „Das hätten wir uns nie getraut", war die einhellige Meinung der Barbesucher. „Das war ja schon längst fällig." Perc musste lächeln, setzte sich an die Bar zu den Billardeuren und bestellte sich einen Verlängerten. Dann begann der Kriminalist unauffällig in seiner charmanten und unverbindlichen Art mit seinem ziemlich langen Ausfragen der Anwesenden.

Nach einer Stunde hatte er alles, was er wissen wollte, gespeichert.

Den Spielern war bekannt, dass James Stein schwul war. Aber da er in allen Belangen ein feiner Kerl war, der außerdem die letzte Billardmeisterschaft gewonnen hatte, war dies für die Gruppe in keiner Weise wichtig, solange er sie in Ruhe ließ.

Nur der Riese Willi Lehner, genannt Will, dem der Kommissar eine übergebraten hatte, hänselte und schikanierte James Stein, wo er nur konnte. Seit einiger Zeit war ja James Stein nicht mehr im Club gesehen worden. Den weißhaarigen hageren Menschen fragte Perc als Erstes aus und der war offen zum Kommissar wie ein Buch. „Mir hat der Will erzählt, dass vor einiger Zeit in der Wohnung von James, zwischen ihnen beiden ein Streit ausgebrochen war, und ihm ist ein Blödsinn passiert. James akzeptierte nicht, dass ich ihm ein Foul andichtete, das er nicht begangen hatte. ,Was hast du dann gemacht', fragte ich ihn daraufhin vorsichtig? ,Na ja, ich habe ihn beschimpft und ihm seine Veranlagung vorgeworfen und ihm eine gescheuert. Da hat er eine Kugel genommen und sie mir nachgeworfen. Ich habe mich umgedreht und die Wohnung sofort verlassen, weil mich dieser schwule Ungustel nicht weiter interessierte.' ,Hast du nicht einmal nachgesehen?' ,Nein, ich habe die Wohnung sofort verlassen, da ich von der Wohnung nebenan plötzlich einen Schlüssel im Türschloss hörte.'"

Das weitere Geplapper der Anwesenden brachte keine neuen Fakten.

Perc verabschiedete sich bei den Herren mit Handschlag, den diese mit einer Einladung für die nächste Meisterschaft verbanden. „So einen Burschen wie Sie können wir immer brauchen." Perc versprach bei nächster Gelegenheit wieder sein Glück zu versuchen. „Sie werden hier bei uns immer einen Partner finden." „Gibt's hier keine Partnerinnen?", fragte Perc noch scheinheilig „Sicher mein Herr, am Freitag ist bei uns Damentag. Das müssen sie sich ansehen, die meisten Damen haben einen guten Stoß."

„Das werde ich auch", rief Perc noch von der Türe aus.

Perc fuhr am Abend wieder zur Wohnung von James Stein. Er hatte etwas übersehen, da war er ganz sicher. Er kramte in seiner Aktentasche und nahm die in einem Plastiksack eingeschweißte weiße Kugel heraus. Er hatte sie aus der Gerichtsmedizin unbemerkt mitgenommen. Es war eindeutig erwiesen, dass mit dieser Kugel der Kopf von James eingeschlagen wurde. Als er die Kugel aus der Hülle in die Hand nahm, musste er aus Verzweiflung über sein armseliges Dasein tief einatmen. Plötzlich nahm seine überempfindliche Nasenschleimhaut noch einen anderen Geruch wahr als jenen, den die Leiche verströmt hatte. Die Kugel roch auch nach einer feinen Handcreme. Er legte die Kugel auf den Billardtisch und da war doch noch ein zweiter Geruch in der Luft. Was war das für ein Odeur? Dann knackste es in seinem Gehirn. Es roch nach Parfum Chanel Nr. 5. Diesen Geruch kannte er noch von seiner Mutter. Er war ganz klar zu riechen.

Dann schoss es ihm sofort in sein Bewusstsein, wo er diesen Geruch schon wahrgenommen hatte. Bei seinem ersten Besuch bei Frau Sofie Reinberg war er ihm in ihrer Wohnung bereits aufgefallen. Es war eindeutig ihr Parfum im Zimmer von James Stein.

Völlig gegen seine Gewohnheit, sofort einen Verdacht anzudenken, sagte er laut vor sich hin: „Diese alte Hexe weiß mehr, als sie sagt!"

Als er das Licht in der Wohnung von James Stein wieder ausdrehte, bemerkte er durch den Türspalt der Verbindungstür zu Frau Steinberg wieder einen Lichtschein. Er klopfte an die Verbindungstür. Es rührte sich aber nichts dahinter. „Frau Reinberg, ich weiß, dass sie zuhause sind! Machen Sie endlich und sofort die Verbindungstüre auf. Ich bin Kommissar Perc und ich weiß, dass Sie einen Schlüssel haben."

„Ich habe dazu keinen Schlüssel", hörte er plötzlich ihre Stimme. „Frau Reinberg ich warne Sie, lügen Sie mich nicht an." Dann vernahm Perc endlich das Geräusch eines sich im Schloss der Verbindungstür drehenden Schlüssels. Kreidebleich stand die kleine hagere Gestalt von Frau Steinberg in der Türe. „Herr Kommissar bitte kommen Sie zu mir herein", sagte sie mit zitternder Stimme.

„Wollen Sie einen Kaffee und eine Schaumrolle Herr Kommissar?" „Nein, jetzt nicht Frau Steinberg, packen Sie endlich aus. Sie wissen viel mehr, als Sie mir zuletzt vorgeflunkert haben." Frau Reinberg versank in ihr Kissen am Küchenstuhl. „Lügen Sie mich ja nicht an. Sie kennen mich noch nicht.

Ich stecke Sie noch mit neunzig Jahren in den Kotter, bei Wasser und Brot, wenn es sein muss!" Im nächsten Moment taten ihm seine Worte schon leid. Frau Steinberg war kurz vor einem Zusammenbruch.

„Bitte, lieber Herr Kommissar, holen Sie mir ein Glas Wasser aus dem Badezimmer." Perc ging in das kleine Badezimmer mit der winzigen Badewanne. Über dem Waschbecken war ein Regal mit einer erheblichen Anzahl von diversen Cremes für den Körper und für die Hände und ein Flacon Chanel Nr. 5.

Perc nahm die erstbeste Handcreme und da war er wieder, der idente Geruch wie auf der weißen Billardkugel.

Jetzt wird es haarig, ging es dem Kommissar durch den Kopf, *jetzt darf ich ja nichts falsch machen* und er stellte Frau Reinberg das Glas Wasser auf den Küchentisch. Daneben legte er die Handcreme und einen Flacon mit Chanel Nr. 5. Frau Steinberg nahm sofort das Wasser und einen tiefen Schluck daraus. Dann erkannte sie plötzlich die auf dem Tisch stehenden Gegenstände. Plötzlich ging eine Veränderung in der alten Dame vor, die der Kommissar niemals erwartet hätte.

„Herr Kommissar, Sie sind mein Retter, Sie sind mein Engel, da sind ja wieder meine Handcreme und der Flakon!"

„Na, na Frau Steinberg ich bin kein Engel, ich bin von der Polizei", und er musste herzlich lachen. Mit seiner sehr lauten, erhobenen und einem Donnerschlag ähnlichen Stimme begann er seine Anklage: „Frau Steinberg haben Sie den James Stein umgebracht? Keine langen Ausreden, heraus mit der Sprache. Ich lasse Sie sonst sofort von der Funkstreife abholen und in Untersuchungshaft nehmen."

„Herr Kommissar, bitte tun Sie das.

Dort kann ich wenigsten wieder schlafen. Bei mir in dieser Gruft hier halte ich es sowieso nicht mehr aus."

„Ich will alles wissen, Frau Reinberg, vom Anfang bis zum bitteren Ende!"

Dann begann Frau Steinberg vollkommen überlegt und genau den Hergang der furchtbaren Sache aus ihrer Sichtweise zu schildern:

„Herr Kommissar, Sie wissen, dass schon seit ein paar Monaten mein David zu mir kommt und mir in allen meinen Lebensbereichen hilft. Ich wäre ohne ihn einfach aufgeschmissen.

Vor zwei Monaten läutete es und der Herr James Stein stand draußen. Er fragte mich, ob ich etwas benötigen würde. Ich erklärte ihm, dass ich nun einen Helfer habe, und stellte ihm den David vor. Damals schon hat der James den David so sonderbar angesehen. Bei seinem zweiten Besuch hat er den David dann schon gefragt, ob er nicht auch einmal Snookern möchte. Snookern war für mich ein fürchterliches Wort. Ich vermutete, dass der James aufgrund seiner Veranlagung dem David etwas antun wollte. Er wollte ihn wahrscheinlich snookern. Zu meinem Entsetzen sagte der David, er möchte dies auch einmal versuchen. Mein jungfräulicher und einziger David in den Klauen dieses Monsters. Das wollte, musste und habe ich verhindert!" Kommissar Perc war perplex.

„Frau Steinberg, ich glaube, jetzt brauche ich wirklich eine Schaumrolle und einen starken Kaffee."

„Selbstverständlich, Herr Kommissar, bitte sehr." Frau Sofie Steinberg ging schwankend zum Hängeschrank und nahm ein Fertigkaffeepulver heraus. Aus einer Dose gab sie noch eine größere Menge weißen Pulvers dazu und goss das heiße Wasser darüber. Sie stellte dem Kommissar die Schale mit dem Kaffee und die Schaumrolle auf den Tisch. Dann musste sie sich aus Schwäche niedersetzten.

Der Kommissar beobachtete mit immer größerem Interesse und mit Mitleid die Frau Steinberg und dann fragte er sie: „Frau Steinberg, ich kann mir lebhaft vorstellen, dass diese Situation für Sie ganz einfach fürchterlich war, aber trotzdem müssen Sie mir jetzt alles sagen, was denn da so passierte."

„Na ja, jetzt fällt mir alles plötzlich wieder ein. Ich hatte ja alles vergessen. An einem Sonntag klopfte der Herr James wieder bei mir an der Türe. ‚Ich möchte gerne den David abholen, ich habe heute wieder einige Freunde eingeladen und wir wollen zusammen snookern.' Ich bin fast in Ohnmacht gefallen. Aber der David meinte, da würde er gerne mitmachen. Es war furchtbar für mich, als James ihn in seine Wohnung mitnahm. Ich war so fertig, dass ich vor Aufregung ungefähr eine Stunde nichts mehr denken konnte. Und dann waren da wieder diese Geräusche und Stimmen aus der Wohnung von Herrn James. Ich kann sehr gut und zusätzlich durch einen Spalt in der Türe in die Wohnung von James sehen und was ich sah, trieb mir die Schamesröte ins Gesicht. Ich begann zu transpirieren."

„Ja, was haben sie denn Furchtbares gesehen?", fragte der Kommissar nicht ahnend, was er nun zu hören bekam.

„Nun, der James stand hinter David, ganz eng an seinen Körper angelehnt und führte dessen Hände, die einen weißen lange Stab umfasst hatten, auf dem Tisch hin und her. Dabei flüsterte er ihm verschiedenes in die Ohren.

‚Du musst das Queue sehr sanft und liebevoll stoßen. Komm stell dich nun hinter mich und versuch es immer wieder. Nein, der Winkel stimmt noch immer nicht. Lass dir Zeit David, es wird schon, ich spüre und sehe es.

Du kannst auch ein Bein anheben, dich noch weiter vor-beugen und genau zielen, aber ein Bein muss beim Stoß immer am Boden bleiben, sonst ist es in unserer Sprache ein Foul.' Als ich sah, wie sich James noch weiter vorbeugte und direkt der Körper von David hinter ihm angepresst war, verlor ich die Beherrschung. Ich riss die Türe auf, packte den David am Arm und zog ihn in meine Wohnung und sperrte sie hinter mir zu. Dann ist mir sehr schlecht geworden und der David hat mich noch versorgt. Ich habe ihm gar nicht mehr zugehört, was er mir noch sagen wollte, sondern habe ihm verboten wieder zu Herrn James zurückzugehen und habe ihn aus meiner Wohnung auf den Gang geschoben.

Er ist dann die Stiege hinuntergelaufen.

Als ich wieder klar denken konnte, habe ich nochmals die Türe zu Herrn James Wohnung geöffnet und ihm ge-sagt, dass er nie mehr den David zu sich holen dürfe und dass er ein Schwein sei. Er hat erstmals zu mir gesagt, ich sei eine alte Schachtel und solle mich um meine Angelegenheit kümmern. Dann hat er sich wieder über diesen Tisch gebeugt und den langen Stab genommen und auf die farbigen Kugeln gestoßen. In diesem Augenblick setzte mein Denkvermögen völlig aus und ich nahm die weiße, auf dem grünen Filz liegende Kugel und schlug sie vor Wut dem Herrn James auf den Hinterkopf.

Ich habe zuerst gar nicht bemerkt, dass er sich den langen weißen Stab in den Kopf gestoßen hatte. Da sich der Herr James auf dem eigenartigen grünen Tisch nicht mehr gerührt hat, habe ich die Wohnung schnell wieder verlassen und meine Verbindungstüre abgesperrt. Seither bin ich nie wieder hineingegangen. Dem David habe ich kein Wort erzählt. Ich war so froh, dass ich meinen David vor dem Herrn James gerettet habe. Ich bin dann sofort ins Bett gegangen und habe wieder sehr gut geschlafen."

Kommissar Perc war im Laufe des Gespräches immer entsetzter, nachdenklicher und auch etwas müder geworden. „Der Kaffee schmeckt heute etwas anders, Frau Steinberg."

„Ja, ich habe eine neue Marke gekauft, er ist nicht so stark wie letztes Mal." Als Kommissar Perc nachzudenken begann, ob er etwas zu fragen vergessen hatte, überlegte er noch kurz, *ich werde auch nicht mehr jünger,* und als er sich vom Stuhl erheben wollte, gelang es ihm partout nicht. Er versuchte es einige Male, aber dann fiel er mit einem langen furchtbaren Seufzer vom Stuhl auf den Boden.

Frau Sofie Steinberg betrachtete die noch nicht aufgegessene Schaumrolle vom Herrn Kommissar und sagte so nebenbei zu sich selbst: „Ja, wenn er immer so neugierig ist, so viel fragt und sich nicht einmal Zeit nimmt meine wunderbaren Schaumrollen zu essen, kann ich ihm auch nicht helfen." Dann schleppte sie mit letzter Kraft den schweren Kommissar zur Tiefkühltruhe und warf ihn hinein.

In dieser Nacht konnte Frau Sofie Reinberg wieder zufriedenstellend schlafen. Sie hatte einen wunderbaren Traum. Hinter ihr, ganz an sie gedrückt und gebückt, stand der Herr James und lächelte glückselig. Es war einfach wunderbar.

In der nächsten Woche läutete David wieder an der Wohnungstür von Frau Sofie Reinberg. Aber an diesem Tag und auch an den folgenden Tagen öffnete niemand mehr. „Na ja, wahrscheinlich ist sie bei ihrer Tochter in München", dachte David nicht lange. Er hatte eine neue Freundin und alte Frauen interessierten ihn daher nicht mehr.

Es läutete auch sonst niemand mehr bei Frau Sofie Reinberg. Das Leben in dem alten Zinshaus ging seinen gewohnten Gang. Alle Bewohner, einschließlich des Herrn Karamasov, hatten den Vorfall schnellstens vergessen.

Nachdem Kommissar Perc nicht mehr aufgetaucht war, wurden die Untersuchungen im Billardclub aufgenommen und der Amtsbekannte Will verhaftet. Er wurde angeklagt Kommissar Perc ermordet und die Leiche beseitigt zu haben. Die Indizien waren ausreichend für eine langjährige Gefängnisstrafe.

Nach einem Monat hielt ein Taxi vor dem alten Zinshaus. Eine etwas verlebt aussehende Dame in mittlerem Alter stieg aus dem Wagen. „Warten Sie bitte hier auf mich. Ich muss nur meine alte Mutter besuchen", sagte sie zum Taxifahrer. „Anschließend fahren Sie mich sofort zum Bahnhof, ich muss den ICE nach München erreichen, der Joe wartet dort auf mich!"
Die Dame hatte einen Schlüssel zur Wohnung ihrer Mutter. Als sie in die Wohnung kam, stieg ihr ein sonderbarer Geruch in die Nase. Sie war sonst nicht so empfindlich. Sie trat zum Küchentisch und dort lag das Briefkuvert eines Notars aus dem ersten Wiener Gemeindebezirk. Sie riss das Kuvert sofort auf. Die Kanzlei des Notars, der nur die Adresse von

Frau Sofie Reinberg hatte, teilte der Tochter mit, dass sie auf Wunsch der Mutter zur Einsicht des Testamentes, dass ihre Mutter vor einigen Wochen verfasst hatte, in die Kanzlei des Notars kommen sollte. Dann musste sich die Tochter plötzlich setzen. Der Geruch in der Wohnung war nicht auszuhalten. Als sie die Schlafzimmertüre öffnete, fand sie entsetzt die nicht mehr so friedlich und frisch aussehende, schon etwas entstellte tote Mutter. Fliegen surrten um ihren Körper. Auf dem Nachtkästchen standen noch ein Flacon mit Chanel Nr. 5 und eine Handcreme. Sie raffte das Parfum und die Handcreme zusammen, und als sie fluchtartig das Schlafzimmer verließ, musste sie an einer Tiefkühltruhe vorbei. Der Deckel der Truhe hatte sich durch einen Stromausfall und die dadurch bedingte Bildung der Gase des Tiefkühlinhaltes leicht angehoben. Als sie den Deckel öffnete, fiel sie in Ohnmacht. Der Taxifahrer hielt nach einiger Zeit Nachschau und fand schließlich die Tochter.

Als sie sich am nächsten Tag im Krankenhaus wieder etwas gefangen hatte, wählte sie die Nummer der Notariatskanzlei. Der Notar war sehr erfreut, endlich von der Tochter zu hören. Sie konnte nicht erwarten, was in dem Testament wohl stehen würde. „Gut Frau Reinberg ich lese es Ihnen kurz vor. Es steht nicht viel drin." Dann hörte sie das Rascheln eines Briefpapiers. Der Notar begann zuerst mit der Verlesung der drei Zeugen, die bei Errichtung des Testaments anwesend waren.

Dann jedoch kam es knüppeldick für die Tochter. Frau Sofie Reinberg setzt den Verband der Zivildiener Österreichs als Alleinerben ihres Vermögens ein. Begründung: „Meine Tochter hat sich die letzten zwanzig Jahre nicht ein einziges Mal um mich gekümmert."

„Das akzeptiere ich nicht", tobte die Tochter. „Das müssen Sie, denn es ist alles penibel schriftlich festgelegt. Ich kann alles selbstverständlich bezeugen, auch dass sie sich um ihre

alte Mutter in den letzten zwanzig Jahren keinen Deut ge-
schert haben."

„Na ja, sie hatte ja sowieso nichts, die alte Hexe, es ist mir
eigentlich wurscht. Ab ins Armengrab mit ihr. Die paar Kröten
gehen sowieso für die Beerdigung auf. Machen Sie es so billig
wie möglich, Herr Notar. Was hat sie denn überhaupt diesem
sonderbaren Zivildienerverein vermacht?"

„Na ja", meinte der Herr Notar trocken, „es waren ohnehin ja nur zwei Millionen Euro! Ich werde die Beerdigung
und meine Kosten von dem Betrag abziehen. In ein Armengrab werde ich die liebe Frau Steinberg nicht hineinlegen
lassen, sondern für die nächsten zwanzig Jahre ein Grab mit
einem Grabstein reservieren. Ich wünsche Ihnen, Frau Steinberg, für Ihren weiteren Lebensweg alles Gute!" Dann hängte
er abrupt auf.

Das jedoch vernahm die liebe Tochter nur mehr wie in
Trance. Schließlich warf sie das Handy wutentbrannt beim
Fenster hinaus, und als sie dann aus dem Bett sprang, stürzte
sie über ihre Handtasche und brach sie das Genick. Die anschließend erfolgte Operation war zwar gelungen, aber Frau
Steinberg war seither querschnittgelähmt und ein weiteres Leben
lang an einen Rollstuhl gefesselt. Der Joe, den sie später angerufen hatte, teilte ihr lakonisch mit: „Was soll ich mit einer
Behinderten, es gibt ohnehin genug gesunde Frauen", und beendete kurz und bündig das Gespräch.

Das Duell im Kreisverkehr

D er trübe Allerseelentag machte die Menschen teilweise traurig und teilweise nachdenklich über ihren Lebenswandel auf dieser Welt. Daher mussten sie die Vorausgegangenen auf den düsteren Friedhöfen besuchen, um ihnen ihr Leid zu klagen, in verklärten Erinnerungen zu schwelgen und auch natürlich in erster Linie, um ihre neuen Kleider und Hüte den neidigen Mitmenschen vorzuführen.

Der bereits seit Kurzem pensionierte Fachlehrer Peter W. saß in seiner kleinen Wohnung im Dachgeschoss eines alten, in die Jahre gekommenen Mehrfamilienhauses vor dem Computer. Die Räume im Dachboden waren vor vielen Jahren als Mansarde mit Dachschrägen ausgebaut worden. Schon seit seiner Kindheit lebte er in diesen beengten Räumen, zuerst mit seinen Eltern, und als diese dann endlich verstorben waren, alleine in seinem Refugium. Nun lebte er erstmals richtig nach seiner eigenen Fasson.

Der Vater war ein Tyrann gewesen und die Mutter, an und für sich eine sehr gescheite Frau, die als Direktorin eines Mädchengymnasiums von ihren Schülerinnen sehr geliebt wurde, war in den Augen des Vaters weder körperlich noch physisch für ihn vorhanden. Je nachdem, wie er aufgelegt war, ließ er seine Launen entweder an dem Knaben aus, der es nicht sehr schnell zum Fachlehrertitel geschafft hatte, oder an seiner Ehefrau.

Der heranwachsende Knabe hatte allerdings die Intelligenz der Mutter und die Engstirnigkeit, die Verbohrtheit, den Eigensinn und die Gemeinheiten seines Vaters geerbt.

Als gelernter Mathematiker war er gewohnt, beinhart und brutal seine Macht an den Schülern auszuleben. Selbst bei Schülern, die erstklassige Arbeiten und Erfolge vorweisen konnten, versuchte er vermeintliche charakterliche Schwächen oder Eigenheiten, die ihm nicht passten, genüsslich festzustellen, und wenn er etwas fand, er fand bei jedem etwas, machte er den Betreffenden vor der gesamten Klasse lächerlich. Er genoss das Abkanzeln und Fertigmachen der Schüler wie eine Droge.

Wenn eine mündliche Prüfung anstand, wurde das Klassenbuch fünfmal aufgeschlagen und die fünf nun herausgesuchten Delinquenten wurden an die Tafel befohlen. Dann begann das Martyrium in Form der Inquisition. Die Abhandlungen von Prozessen dieser Zeit verschlang Fachlehrer W. mit großem Vergnügen. Wenn er keinen guten Tag hatte, und das war sehr oft, war ganz klar, dass keiner der fünf Auserwählten nur den Funken einer Chance bekam, die richtige Antwort zu geben. Bevor die Fragen auf die fünf armen Sünder niederprasselten, befahl er mit leiser und gemeiner Stimme dem in der letzten Bank sitzenden Esel, das Fenster aufzumachen, damit er die Fünferl hereinlassen konnte. Die in der ersten Reihe der Klasse sitzenden Schüler bezeichnete er unisono als Galgenvögel, die ja nicht auf die Idee kommen sollten einzusagen, außer es war falsch, dann sollten sie nur ihre Blödheit weitergeben. Als er einen der besagten Galgenvögel beim Schwindeln erwischte, holte er ihn zu sich vor die Tafel. Dann kam es: „Ah, der angehende Herr Doktor K. möchte heute gerne geprüft werden. Er weiß anscheinend sehr viel." Dann verabreichte ihm Fachlehrer W. vor der ganzen Klasse eine Ohrfeige auf die linke Backe. Das ist für das Schwindeln und dann schrie er den verzweifelt mit den Tränen kämpfenden jungen Burschen an: „Du elender Betrüger, sag mir sofort die richtige Formel für die Berechnung eines Radius!" Der Prüfling stotterte etwas und konnte momentan nicht antworten. Blitzartig hatte ihm der Fachlehrer eine Fünf in das Klassenbuch eingetragen. Niemand in der Klasse getraut sich zu protestieren oder auch nur mit den Augen nach vorne zu blicken.

Der Schüler Hans K. unterdrückte nun seine Tränen, aber sein Gesichtsausdruck veränderte sich zu einer wütenden Grimasse. Er war in Mathematik einer der Besten, ein ordentlicher und genauer Schüler und hatte Fachlehrer W. manchmal sogar bewunderte, da er seiner Meinung nach so viel wusste. W. hatte ihn nun in seinem Innersten bis aufs Tiefste gekränkt. Diesmal war er zu weit gegangen und er säte in dem jungen Mann einen Samen, der dem Herrn Fachlehrer eines Tages große Probleme bereiten sollte. Dies konnte der Tyrann allerdings nicht ahnen.

Die in der mittleren Bankreihe sitzenden Schüler, Klaus, Günther und Bernd, die übrigens auch in Mathe sehr gut waren, steckten ihre Köpfe zusammen. So geht es nicht weiter mit dieser Sau. „Wir werden dir den Marsch so laut blasen, dass du nicht weißt, ob du ein Männchen oder ein Weibchen bist."

In einigen Tagen war die letzte Mathe-Schularbeit zu absolvieren. Fachlehrer W. konnte ihnen natürlich ihre Zukunft verbauen und sie mussten also sehr vorsichtig sein. „Ruhe! Ihr dummen Nüsse!", donnerte es vom Katheder.

In den letzten Tagen hatten die drei Burschen bereits seine Schwächen genau seziert und eruiert. Sie hatten sich eine Aufgabe gestellt, die sie zu Ende bringen wollten.

Als totaler Einzelgänger hatte der Herr Fachlehrer noch nie Kontakt zu Frauen, außer bei einer geschiedenen Person, bei der es ihm gelang sie ins Bett zu bekommen. Allerdings versagte er total. Das sprach sich in der ganzen Schule herum. Als sie ihn das erste Mal ohne Kleider sah, musste sie so lachen, dass er mit hängendem Teil fluchtartig das Bett und schließlich ihre Wohnung verließ. So etwas tut man natürlich als erfahrene Frau niemals. Das war der Gipfelpunkt seines Hasses auf Frauen. Niemals wieder versuchte er auch nur annähernd in die Nähe von Weibern, wie er zu sagen pflegte, zu kommen.

Einzig eine sehr talentierte Schülerin verstand es dieses Scheusal um den Finger zu wickeln. Sie war hübsch, hatte lange dunkle Haare und war in Mathematik nicht zu schlagen. Als sie ihn auf einen Fehler in einer seiner Aufgaben aufmerksam machte, wurde er unterwürfig und benahm sich wie ein läufiger Hund. Sie hatte es allerdings faustdick hinter den Ohren. Da die Klasse natürlich die Situation bemerkte und untereinander besprach, stellten die drei Burschen der Schülerin ein Ultimatum. Am Nachhauseweg war das Mädchen plötzlich von einer vermummten Schar von Schülern umzingelt. „Du wirst ihn so weit bringen, dass er dir aus der Hand frisst", war der eindeutige Auftrag. „Wir brauchen die Fragen der Matheabschlussarbeit und du wirst sie uns besorgen. Ganz gleich, was du dafür tun musst. Wenn du uns nicht hilfst oder verraten solltest, werden wir deinem geliebten Pferd den Schwanz abschneiden." Sie hatte keine Wahl und erklärte sich einverstanden.

Der Herr Fachlehrer war so vernarrt in das Mädchen, dass er die ihn bedrohende Gefahr nicht erkannte. Sie fragte ihn auf dem Pausengang, ob er ihr nicht die letzte Übung vor der Schularbeit noch einmal erklären könne. „Sicher", meinte er freudestrahlend, „du kannst am Nachmittag zu mir kommen und wir gehen das Problem einfach durch." Als sie am Nachmittag bei ihm erschien, hatte sie sich einen Minirock und eine durchsichtige Bluse angezogen. Der Herr Fachlehrer begann mit seiner Erklärung und dabei rutschte ihre Hand an seinen Oberschenkel. Es kam zu Zärtlichkeiten, aber nicht mehr. Sie wollte ihn richtig scharfmachen und stammelte mit hochrotem Kopf, sie müsse sofort wieder gehen, da sie für mehr noch nicht bereit sei. Er solle ihr Zeit geben. Was er natürlich akzeptierte.

So begann für den Herrn Fachlehrer die Sache aus dem Ruder zu laufen. Er verfiel dem Mädchen und ihrer Jugend immer mehr. Eines Tages hatte sie erreicht, was die Burschen wollten. In einem unbemerkten Augenblick kopierte sie die Matheabschlussarbeit. Alle Schüler der Klasse beendeten die Arbeit daraufhin mit gutem Erfolg. Der Herr Fachlehrer war perplex. Das hatte er niemals erwartet. Seine weiteren Versuche die junge Dame wieder zu treffen, scheiterten aber. Nachdem sie ihr Abschlusszeugnis in der Tasche hatte, war sie für ihn nicht mehr zu erreichen.

Vierzig Jahre vergingen und ein Jahr, bevor Herr Fachlehrer W. in den Ruhestand treten sollte, erhielt er von der Direktion das Angebot, in den vorzeitigen Ruhestand zu gehen, selbstverständlich mit vollen Bezügen. Sämtliche Lehrkräfte waren dafür, dass er so schnell als möglich die Schule verlassen sollte. Da er unter anderem auch für die Zusammenstellung der Stundenpläne zuständig war, hatte er sich natürlich immer die besten Zeiten für seine Stunden herausgesucht, sodass er dadurch viel Freizeit konsumieren konnte. Er hatte niemals Freunde unter seinen Kollegen. Das war ihm allerdings vollkommen gleichgültig. Wichtig war nur seine Befindlichkeit. Dieses Angebot nahm er natürlich sofort an.

Nun, nach beinahe vierzig Jahren Dienst an der Schule, war er also bereits ein Jahr lang in Pension und saß am Abend vor dem Allerheiligentag in seiner Mansardenwohnung vor dem Computer. Er war wieder einmal von derartigem Hass auf die Umwelt erfüllt, dass er vorerst das Klingeln seines Handys nicht hörte. Mit seinem uralten Fahrrad, da ein neues Fahrrad Schüler nur sowieso stehlen würden, und es wäre ja sehr schade darum, musste er heute noch an das Grab seiner Eltern fahren. Er machte sich fertig. Am Gepäckträger hatte er eine Holzkiste befestigt und darin befand sich alles, was er für den Friedhofsbesuch benötigte. Schaufel, Gießkanne und immer einen Sack mit frischer Blumenerde. So ausgerüstet fuhr er ja jeden Tag zu seinen toten Eltern auf den Friedhof, um das Grab zu gießen und zu bearbeiten. Außerdem war er ja ein militanter Verweigerer jeglichen motorbetriebenen Untersatzes. Bei jeder Gelegenheit beschimpfte er die Besitzer nobler Fahrzeuge, die immer zu knapp an ihm vorbeidonnerten. Einige Male hatte er auch schon Autoreifen angestochen. Da freute er sich dann diebisch, wenn er von seiner Mansarde aus die Betroffenen beobachten konnte, wie sie Reifen wechseln mussten.

Die Fenster dieser Mansardenwohnung waren übrigens das ganze Jahr lang durch einen undurchsichtigen Vorhang verhüllt. Kein Mensch konnte einen Blick ins Innere erspähen. Er war ja von Verschwörern umgeben, wie er sich einbildete. Wieder klingelte das Handy, aber er hatte keine Zeit. Er würde nach dem Friedhofsbesuch den Störer zurückrufen.

Auf dem Weg zum Friedhof musste er allerdings jedes Mal über einen vor Kurzem angelegten Kreisverkehr fahren. Wegen der Beengtheit der Straße und dem wenigen Platz war der Radius des Kreisverkehrs sehr klein. Er hatte dies in Leserbriefen und in Eingaben bei der Stadtregierung ja ausführlich beanstandet. Seine Berechnungen als Mathematiker, dass der Kreisverkehrsradius zu klein wäre, wurden vom Bürgermeister, der plötzlich seine Ader für das Grünland entdeckte, mit der Begründung abgelehnt, dass sonst doppelt so viel Grünfläche verbaut werden müsse. In Zeiten, in denen das Grünland immer weniger werde und zu schützen sei, könne er als Bürgermeister dies nicht verantworten. Das war aber alles nur bla, bla, wie der Herr Fachlehrer in einem Leserbrief darauf antwortete. Alles hatte nichts geholfen. Der Kreisverkehr für Zwergenautos wurde trotzdem gebaut. Auf Radfahrwege allerdings verzichtet.

Für den morgigen Allerheiligentag hatte der Herr Fachlehrer aber bereits Vorbereitungen getroffen, um vor dem Kreisverkehr eine Protestaktion zu organisieren. Zu diesem Zweck hatte er sich auch den selbst ernannten Anführer von Sympathisanten, die den Kreisverkehr vergrößern lassen wollten, als Berater und Gehilfen angelacht. Es gab natürlich in dem Stadtteil mehrere Meinungen. Manche wollten den Kreisverkehr kleiner, manche größer und manche überhaupt keinen Kreisverkehr. Die Gescheitesten unter den Bewohnern wollten diese Straße überhaupt verlegen lassen oder noch besser, der Verkehr sollte in einen anderen Stadtteil umgeleitet werden. So entstanden also Terror, Unfriede und gegenseitige Anschuldigungen in einer an und für sich friedlichen Landschaft. Das passte dem Herrn Fachlehrer W. genau in sein Konzept. Die Bewohner erhielten nun von ihm Postwurfsendungen, er kopierte nächtelang seine Infos und in Gasthäusern wurden daraufhin Versammlungen abgehalten. Wenn dort jemand etwas Gescheites sagte, wurde er sofort von Andersdenkenden als Kabarettist und ähnliches Gesindel bezeichnet und niedergemacht. Beamte standen den Bürgern im Rahmen einer sogenannten „direkten Demokratie" Rede und Antwort. Es kam dabei aber nichts heraus. Im Gegenteil, Freundschaften wurden zerstört und ehemals friedliche Nachbarn begannen sich gegenseitig zu verachten.

Nachdem der Herr Fachlehrer den Friedhofsbesuch und die mühsame und gefahrvolle Überquerung des Kreisverkehrs bewerkstelligt hatte, setzte er sich wieder an sein Schreibpult und er wählte die Telefonnummer des Anrufers. Es war der besagte Initiator des Vereines für den Ausbau des Kreisverkehrs. Die beiden unterschiedlichen Charaktere vereinbarten, dass mit Unterstützung des Vereines Fahnen, Transparente und Protestaufrufe an die voraussehbar vielen Friedhofsbesucher verteilt werden sollten. Der Fachlehrer erklärte sich bereit einen Tisch mit Unterlagen und sich selbst an den Straßenrand zu stellen, um jedem Autofahrer, der in den Kreisverkehr einbog, eines der Pamphlete, natürlich mit ausführlichen Erklärungen, zu übergeben. Eine Unterschriftenliste für die Vergrößerung des Kreisverkehrs und den Ausbau der Straße würde er ebenfalls in die vor Neugierde heruntergelassenen Scheiben der Autofahrer hineinhalten.

Am nächsten Allerheiligentag um 7 Uhr früh war der kleine Proteststand schon aufgestellt. Den ganzen Tag sammelte dann der fleißige Herr Fachlehrer Unterschriften in rauen Mengen. Viele wussten gar nicht, was sie unterschrieben, aber es war halt lustig.

Als es bereits zu dämmern begann und der Autoverkehr praktisch nicht mehr existierte, klappte er seinen Tisch zusammen. Er wollte ihn am nächsten Tag mit dem Fahrrad abholen.

Ein Wagen mit vier männlichen Insassen hielt plötzlich vor ihm. Die Männer interessierten sich sehr für sein Anliegen und baten um einige Unterschriftenlisten, da sie auch Freunde von der Sinnhaftigkeit eines größeren Kreisverkehrs überzeugen wollten. Dann baten sie ihn doch zu zeigen, wie schwer es einem Radfahrer war, gefahrlos den Kreisverkehr zu verlassen. Der Herr Fachlehrer war sehr erfreut, und da ja kaum mehr Autoverkehr mehr war, gelang es ihm relativ schnell den Kreisverkehr zu umrunden. Als er aus dem Kreisverkehr herausbiegenwollte, stand plötzlich der Wagen mit den Männern in der Ausfahrt und touchierte leicht sein Fahrrad. Der Herr Fachlehrer verlor die Herrschaft über sein Fahrrad und stürzte auf die Straße.

Die Männer sprangen aus ihrem Fahrzeug und hoben das Fahrrad und den Lenker auf. Es war ihm Gott sei Dank nichts passiert. Einer der Männer meinte: „Sie haben einen Fehler gemacht. Sie haben mit ihrer Fahrweise den Radius nicht genau berechnet!"

„Das ist nicht wahr, ihr Galgenvögel", kam es wieder einmal aus ihm heraus. „Ihr könnt nicht aufpassen und Radien berechnen konnte ich schon, als ihr vier Galgenvögel noch in die Windeln geschissen habt. Fahrt sofort auf die Seite, ich möchte durchfahren."

„Mein lieber Herr Fachlehrer", durch die unterwürfigen Worte des größten der vier Männer wurde er erstmals unsicher. „Erstens, Herr Fachlehrer W., wir sind und waren nie Galgenvögel und zweitens werden wir Sie jetzt lehren, wie man die

Fahrt durch einen Kreisverkehr richtig berechnet. Wir geben Ihnen wenigstens eine kleine Chance die Runde im richtigen Radius zu durchfahren. Dann braucht man den Kreisverkehr auch nicht zu vergrößern. Zeigen Sie uns noch einmal den richtig berechneten Radius." Der Fachlehrer schnappte nach Luft. „Für euch Rotznasen drehe ich keine zweite Runde." Die Männer lachten und meinten: „Wenn Sie die Prüfung nicht bestehen, werden Sie die ganze Nacht hier im Kreis herumfahren." Plötzlich und aus unerfindlichen Gründen gab er sich geschlagen, denn er wollte aus dieser eigenartigen Sache so schnell als möglich herauskommen.

Als der Herr Fachlehrer wieder aus dem Kreisverkehr fahren wollte, setzte der Wagen der Burschen automatisch wieder zurück. Er konnte nicht heraus. Dann bildeten die Männer einen Kreis und forderten ihn mit Nachdruck auf, endlich seinen Radius richtig zu berechnen und einen neuen Versuch zu starten. „Offenbar können Sie einen Radius noch immer nicht richtig berechnen?"

Der Herr Fachlehrer war ja nicht ganz blöd. Er begriff nun schnell dass hier etwas vor sich ging, was er wirklich nicht berechnen konnte. Daher würde er sich fügen müssen. Er drehte wieder eine Runde und versuchte dann den Kreisverkehr zu verlassen. Das gleiche, aber falsche Ergebnis offenbarte sich ihm wieder. Der Wagen touchierte ihn und er stürzte noch einmal und diesmal brach er sich den rechten Daumen. Nach jeder Runde musste er auch mit gebrochenem Daumen neuerlich eine Schleife fahren. Er hatte keine Chance aus dem Kreisverkehr zu gelangen. Mittlerweile waren drei weitere Autos mit je vier Männern und Frauen aufgetaucht und versperrten ihm alle Ausgänge. Fremde Fahrzeuge, die durch den Kreisverkehr fahren wollten, wurden allerdings durchgewunken. Nach weiteren erfolglosen Runden setzte sich der Herr Fachlehrer mit seinem gebrochenen Daumen auf den Boden in der Mitte des Kreisverkehrs. Dann begann er wieder zu schreien und zu schimpfen, so wie er es immer getan hatte. Einer der Männer trat auf ihn zu und verabreichte ihm daraufhin eine Ohrfeige auf seine linke Backe. „In Erinnerung an unsere schöne gemeinsame Schulzeit, Herr Fachlehrer", und da dämmerte es dem ehemals starken, unnahbaren und immer übermächtigen, aber in diesem Moment sehr alt gewordenen Herrn Fachlehrer. Ein langer dunkler Fleck bildete sich unübersehbar auf seiner Hose und er fing an zu weinen. Er hatte sich in die Hose gemacht.

Nach vielen weiteren Runden, die Männer und Frauen in den Fahrzeugen hatten den Kreisverkehr längst verlassen, stoppte ein Polizeifahrzeug den total verwirrten und orientierungslosen alten Mann. Die Beamten brachten ihn nachhause. Auf seine Jacke hatte jemand einen Zettel gehängt. Darauf stand: „Sie haben mich und meine Klassenkameraden heute vor fünfundvierzig Jahren immer wieder aufs Tiefste gekränkt und beleidigt und haben sich nie geändert. Die richtige Formel wusste ich als Ihr bester Schüler selbstverständlich schon damals, aber als ich erkannte, welch widerlicher Mensch Sie sind, habe ich aus Verachtung nicht geantwortet. Bei der Fahrt durch den Kreisverkehr haben Sie sich leider wieder einmal verrechnet. Die richtige Berechnung Ihrer irren Fahrt durch Kreisverkehr lautet:

2R x Pi
Dr. Dipl. Ing. Hans K."

Die verschwundene Nachtigall

Ostern, das Fest des Friedens und der Auferstehung, stand vor der Tür. Wie jedes Jahr in der Karwoche begann eine Veranstaltung in der alten Stadt, die Menschen aus der ganzen Welt aufmerksam und neugierig machte. Nicht nur dass eine Woche lang wieder einmal auf Teufel heraus musiziert wurde, es kamen nicht nur musikbegeisterte Menschen, sondern auch Kunst- und Krempelinteressierte mit hoffentlich viel Geld zu dieser Ausstellung. Das alte Palais wurde wieder herausgeputzt und die Böden frisch gewienert.

Die Bürger erhofften sich so nebenbei noch schnell ein gutes Geschäft. Firmen mit Andenken, Hotels, Restaurants und sogenannte Caterer begannen emsig zu agieren. Die Stadtbudget-Kämmerer rieben sich bereits die Hände über die nun wieder zu erwartenden Steuereinnahmen. Diese imaginären Einkünfte waren ja schon längst, allerdings auf Kredit, ausgegeben und verplant. Der zu erwartende Geldsegen und die tüchtigen Stadtväter wurden bereits seit Monaten in den „unabhängigen" Medien bestens und seitenweise gelobt. Die Bürger wussten bereits jetzt, wer ihnen immer wieder Gutes tut und wen sie demnächst zu wählen hatten.

Peter Wegener, ein guter Bürger und braver Steuerzahler dieser Stadt, hatte schon lange genug vom Gefasel in den Medien. Trotzdem war er sehr erfreut, dass wieder etwas los war. Er hatte einige Tausender Erspartes und er war bereit, sollte etwas seinem Geschmack Entsprechendes dabei sein, ein nicht unbedeutendes Sümmchen zu investieren.

Am Sparbuch war ja nichts mehr zu holen und die von den feinen Bankiers gepriesenen Altersvorsorgen waren mit ohrenbetäubendem Krach in die Tiefe gerauscht. Die Bankiers hatten zwar nichts verloren, den vorsorglich stand in den abgeschlossenen Verträgen: *Für unvorhergesehene Ereignisse haftet der schon mündige und dem Denken mächtige Souverän gefälligst selber.*

Nun hatte Peter Wegener seine paar noch vorhandenen Kröten der Gier der „feinen Experten" entzogen und zuhause in seiner Gartenlaube in einer sicheren Eisenkasse und in einem Plastiksackerl versteckt. Von Zeit zu Zeit nahm er sich etwas davon und begann sich nun endlich etwas zu leisten. Ein Urlaub hier, eine Reise da und vieles andere. Einmal in der Woche ins Rote Haus „Casa die Toleranza" war auch noch drin. Dieses Haus war direkt hinter dem „Stadio di Comunale", wie er den Fußballplatz nannte, und so fiel auch niemandem auf, welchen Sport er zu betreiben gedachte. Er brauchte keine Frau mehr zu erhalten und war frei und ungebunden. Da sich die Kinder und Enkelkinder keinen Deut um den Opa scherten, war auch dieses Problem gelöst. Einzig der alte Dackel war noch eine Belastung. Aber er und der Hund waren unzertrennlich. Dieser „Köter", wie ihn ein Nachbar „liebevoll" betitelte, war Peter Wegener allerdings am Hintern weit lieber als der Nachbar vorne, wie er es ihm auch sehr nett sagte.

Bei Weihnachtsfeiern lud ihn auch wegen dem manchmal halt auch etwas duftenden Hund, niemand mehr ein und seine Geschenke für die Enkelschar konnte er sich dadurch sparen.

Er gab auch sonst nichts mehr für Geschenke an Verwandte aus. Die Damen im „Casa di Toleranza" brauchten es dringender und es war besser angelegt.

Jedes Jahr erhielt er eine Gratiseintrittskarte nicht nur in die besagte Casa, sondern auch zu der „Krempelmesse", wie er die wunderbare Ausstellung bezeichnete. Es war also wieder so weit.

Als er die Stiegen in das alte Palais mit Rücksicht auf seinen vierbeiniger Begleiter sehr langsam hinaufstieg, ging ihm ein altes Lied einfach nicht wieder aus dem Kopf und er begann völlig gedankenlos zu singen: „Wenn ich mit meinem Dackel die Stiegen hinaufwackel", und dann änderte er den Text wie bei anderen Gelegenheiten jedes Mal nach Bedarf um und sang: „Da stehn die alten Lackel und kaufen jeden Mist, weil Ostern ist." Sein Dackel Jo sah ihn etwas ungläubig, aber nicht überrascht an und ging nicht mehr weiter. Schließlich trug er ihn die letzten Meter nach oben.

„Mit dem Viech dürfen's da aber net eini", machte ihn daraufhin ein circa zwei Meter großer Security nicht unfreundlich aufmerksam.

Peter Wegener, auch nicht gerade klein gewachsen, meinte trocken: „Geh Burscherl, schleich die, sonst beißt er dir wo eini, wos dir sicher net recht ist. Oder willst du, dass ich ihn dir hinaufhetze. Es genügen nur zwei Worte." Der Security wurde etwas unsicher und meinte: „Haben Sie wenigstens schon eine Eintrittskarte gelöst mit Ihrem Kampfhund." Peter Wegener zog seine Ehrenkarte hervor. Dem Security war es eigentlich völlig gleichgültig, ob er hinein- oder hinausging. Ein Terrorrist war dieser Mensch sicher nicht und er hielt ihm charmant die Türe auf. „Aber lassen Sie die vierbeinige Schönheit ja nicht irgendwo hinmachen, Sie Kunstexperte." „Sehen Sie Herr Security, man muss nur die richtigen Ehrenkarten im Leben haben, dann braucht man nicht vor so einer Krempelausstellung herumstehen und ordentliche Hundebesitzer mit ihren wunderbaren Geschöpfen anflegeln." Wenig freundlich sagte der Riese: „Dann schleichn's Ihna eini, aber vorher gehen Sie noch zur Garderobe. Mit dem nassen Schirm und Ihren dampfenden Klamotten dürfen Sie nicht in die Säle." Der Herr Peter Wegener ließ sich dies nicht zweimal sagen.

Während er sich vor der Garderobe anstellte und sich mühsam seiner Überkleider entledigte, vergaß er einen Moment seinen vierbeinigen Jo. Dieser machte unterdessen in seiner unnachahmlichen und etwas penetranten Art die Bekanntschaft eines riesigen Labradorweibchens.

Entweder war ihm ein Artgenosse sofort sympathisch oder er knurrte und stellte die Rückenhaare auf.

Diese große Dame war genau nach seinem Geschmack. Obwohl er eigentlich schon in die Jahre gekommen war, tänzelte er um die gut gebaute, herrlich duftende, weil läufige Hundedame herum. Er beschnüffelte sie vorne ausgiebig und ging dann, ohne lange zu fackeln, hinten schnurstracks zur Vergewaltigung über. Es war ein Bild für Götter. Wie das mit so einem alten, aber nicht zu kleinen Rauhaardackel möglich wird, können nur Hundedamen, die das auch wollen, in der ihnen bekannten und geeigneten Stellung zulassen.

Peter Wegener wurde durch den schrillen Schrei einer dunkelhaarigen Frau im mittleren Alter aus seiner Warteposition an der Garderobe gerissen. Er traute seinen Augen nicht. Der alte Jo war in Hochform.

Peter Wegener war begeistert und nicht nur er, eine Anzahl von fein gekleideten Zuschauern, nicht nur Herren, hatte das Spektakel mitbekommen und feuerte den alten Jo an. Die dunkelhaarige Labradorbesitzerin zog einen Regenschirm aus dem Schirmständer und zog dem alten Jo eine über. Der ließ sich aber nicht stören, sondern seine Gespielin und er ritten in den Ausstellungssaal. „Nehmen Sie Ihren Köter sofort aus meiner Daisy!", schrie die Dunkelhaarige. Sie rannte zu dem Securitybeamten und forderte ihn auf dieses Vieh sofort zu erschießen. „Meine Daisy ist läufig, das ist ja eine Katastrophe.

Das wird ja sonst eine Missgeburt mit diesem scheußlichen alten Dackel."

Peter Wegener war sehr gefasst. Er gönnte seinem alten Jo den Spaß und meinte nur: „Wissen Sie, gnädige Frau, von wem sich eine Hundedame schnackseln lässt, entscheidet schon meistens sie selber. Sie hat sich ja förmlich vor ihm niedergekniet und da musste er natürlich antreten. Sonst hätte sie ihn wahrscheinlich ausgelacht."

„Sie Scheusal, Sie sind der gleiche Unhold wie dieser Vergewaltiger."

Das Theater in dieser feinen Veranstaltung dauerte allerdings nicht lange, denn nach relativ kurzer Zeit kam der arme Jo völlig fertig zu seinem Herrchen gekrochen und sah ihn treuherzig und zufrieden an. So quasi: „Na was sagst, Oida!" Peter Wegener konnte sogar von den Lippen seines langjährigen Begleiters ablesen, was ihm sein treuer Vierbeiner gerade erzählte. Er meinte nämlich noch: „Entschuldige Peter, es wird nicht mehr vorkommen, schön langsam bin ich für solche Aktionen auch zu alt. Aber schön war es doch." Dann legte er sich vor ihm nieder und schlief auf der Stelle ein.

Während die fesche, dunkelhaarige Dame völlig aufgelöst ihr großes Flittchen suchte, tänzelte diese aber bereits wieder völlig gelöst, schweifwedelnd und zufrieden auf sie zu. Nun da ihr ja nichts passiert war, außer dass vielleicht in einiger Zeit eine kleine Labrador/Dackel-Familie geboren würde, war die dunkelhaarige fürs Erste dankbar. Dann strebte sie aber entschlossen auf Peter Wegener zu, der sich in eine dunkle Ecke verzogen hatte. Aber er konnte nicht aus. „Wenn Sie glauben, dass Sie auf Ihren Dackel nicht aufpassen müssen, und wenn Sie glauben, dass ich mir das gefallen lassen werde, dann täuschen Sie sich aber gründlich. Geben Sie mir Ihren Namen und Ihre Adresse, mein Anwalt wird sich mit Ihnen in Verbindung setzen." Ihre Aufregung und ihre Entschlossenheit begannen in Peter Wegener plötzlich Erinnerungen an lang Vergangenes wachzurufen. Ihr Gesicht war leicht gerötet und bekam einen umso schöneren Ausdruck, je länger sie sich aufregte. So eine Ausstrahlung liebte er früher an Frauen und er wartete, bis ihr nichts mehr einfiel. „Na sagen Sie etwas", meinte sie schon deutlich ruhiger, „oder hat es Ihnen die Sprache verschlagen oder können Sie nicht reden? Wenigstens eine Entschuldigung, Sie, Sie, Sie ...", und dann fiel es ihr nicht ein, was sie ihn nennen wollte.

Der Peter Wegener konnte allerdings ein Gesicht machen wie sein Dackel, wenn er etwas angestellt hatte und dann kam es leise aus ihm heraus: „Gnädige Frau, es tut mir wahnsinnig leid und ich schäme mich für meinen Hund." Dann nahm er ein Taschentuch heraus, da er eine fürchterliche Bindehautentzündung hatte, was sie natürlich nicht wusste, und aus seinen Augen rannen ihm bittere dicke Tränen. Sie war so überrascht, dass ihr die weiteren Beschuldigungen im Halse stecken blieben. Irgendwie tat er ihr plötzlich leid, denn er war ja auch ein Hundebesitzer und irgendwie waren sie ja alle Brüder und Schwestern im gleichen Geiste. Dann allerdings machte Peter Wegener einen Fehler. Unter diesen Tränen, er war ja auch in der Theatergruppe „die fidelen Sowieso" tätig, stammelte er: „Gnädige Frau, wir kommen selbstverständlich für den Unterhalt auf und vielleicht kann man den Schaden auch wieder wegmachen." Dann hatte sie endlich kapiert und es fiel ihr wieder ein, was sie ihm noch sagen wollte. „Sie sind ein großer Trottel!"

„Danke Gnädigste", meinte er, „Sie haben nicht ganz unrecht", und dann mussten plötzlich beide lachen.

„Gnädige Frau darf ich Sie, wenigstens zu unserer aller Beruhigung in das kleine Café im Inneren der Ausstellung einladen."

„Ja, aber nur, wenn Sie Ihren Jo an die Leine nehmen." Der Jo ward blitzartig angekettet. Sie sollten ihre Hündin auch anketten. „Wie heißt sie denn eigentlich?"

„Das ist die Daisy", kam es von den schönen gewölbten Lippen der dunkelhaarigen Dame mit dem nur mehr leicht geröteten, aber „wunderschönen" Gesicht. In Peter Wegeners Magen rumorte es hörbar.

Das kleine Café war erreicht und die insgesamt, alles zusammengezählt, zwölf Beine nahmen teils unter dem Tisch und teils auf den Stühlen Platz. Irgendwie war die Stimmung nun wieder besser, wahrscheinlich, weil unter dem Tisch Ruhe eingekehrt war und fleißig geputzt und geschleckt wurde.

Peter Wegener begann als Erster. „Das ist wirklich eine dumme Geschichte und noch einmal, es tut mir wahnsinnig leid." Sie sah ihn kurz an und betrachtete seine schon etwas ausgeprägten Lachfalten.

Ein kleiner Teufel in ihrem Kopf mauschelte ihr zu, der ist ja gar nicht so unhübsch, eigentlich ist er ein fescher Kampel. Der langen Schreibe kurzer Sinn, die beiden Hundebesitzer vereinbarten einen neuen Termin am nächsten Tag, um die Ausstellung gemeinsam, allerdings ohne die beiden Köter zu besuchen. Peter Wegener sperrte am nächsten Tag seinen Unhold Jo im Haus ein.

Er zog sich diesmal dem Anlass entsprechend anders an. Dunkelblauer Blazer, weißes Hemd mit zarten dunkelblauen Streifen, passende Manschettenknöpfe und eine weinrote, mit kleinen blauen Karos gefärbte Krawatte und ein passendes Stecktuch durften nicht fehlen. Außerdem vervollkommneten eine hellgraue Hose und blank geputzte schwarze Slipper seinen Habitus perfekt. Im Spiegel betrachtet taugte er sich. Das Date hatte er auf die Sekunde genau berechnet und seinen Weg zum vor dem Palais befindlichen Caféhaus, in dem er die Dame treffen wollte, genau eingeteilt. Sie erschien fast gleichzeitig mit ihm noch vor dem Café. Ihr Anblick überstieg seine Erwartungen und sein erster Eindruck wurde bei Weitem übertroffen. Blitzschnell hatte er die Dame in sein Hirn gescannt, griff hinter sich und drückte ihr ein kleines Päckchen in die Hand. „Ich hoffe, die Daisy hat Spaß am Inhalt." Sie sah ihn etwas forschend an und dann meinte sie: „Übrigens, der Daisy geht's ausgezeichnet. Nicht gerade dass sie beim Fortgehen noch schnell bellte, grüß mir ja den Jo!"

„No jo", meinte Peter Wegener, „da würde er sich freuen, ich werde es ihm ausrichten. Übrigens bitte vielmals um Verzeihung, ich bin der Peter." Urplötzlich hakte sie sich bei ihm ein und meinte: „Lassen wir doch das Café, in der Ausstellung ist auch eines und wir können vorher noch die Messe besuchen." Ich bin übrigens die Sabine!

Der Messerundgang war für Peter Wegener ein Erlebnis ersten Ranges. Seit Langem schon hatte er keine so elegante und wissbegierige Begleiterin gehabt. Er erkannte schön langsam, dass ihm doch etwas an seiner Seite fehlte. Nur immer der Jo, nichts gegen seinen treuen Jo, aber so eine Frau war doch etwas ganz anderes und er begann an seinen Marotten und seinem einsamen Leben zu zweifeln. Sein zweiter Teufel im Hirn aber warnte ihn. *Pass auf, was du tust. Du bist eigenständig, du bist selbstständig, du hast alles, was du brauchst. Niemand redet dir drein.* Der erste Teufel war plötzlich hellwach und meinte: *„Den ganzen Unsinn über Frauen, den du dir die letzten Jahre eingeredet hast, kannst du vergessen. Sie sind liebenswerte Geschöpfe, treue Gefährtinnen, ehrlich und stabil. Die vor dir steht ist außerdem gut gebaut und hat noch einige schöne Jährchen vor sich. Leg dich gefälligst ins Zeug, da geht was, ich bin sicher. Willst du überhaupt eigenständig und unabhängig sein? Was ist in ein paar Jahren. Du wirst eine Pflegerin benötigen, die dich und Jo umsorgt wie einst deine geliebte Mammi."*

Plötzlich drehte sich Sabine um und meinte: „Na, Sie schauen aber nicht gerade sehr freundlich, eher etwas abwesend."

„Nein, nein", meinte der feige Peter Wegener, „ich muss nur an den alten Jo denken, der sicher zuhause sehr einsam ist. Ich kann nicht so lange bleiben, denn das ist er ja nicht gewöhnt." „Na, ja jetzt sind wir ja erst gekommen und er wird die paar Stunden schon überleben. Meine Daisy ist da nicht so. Die kann sich schon beschäftigen."

„Sie ist ja auch ein Mädchen", konterte Peter. „Männliche Hunde sind nicht so gerne alleine, und wenn sie einsam sind, dann weinen sie sehr oft."

„Na ja, wie Sie glauben. Aber darennen tu ich mich nicht wegen Ihrem alten Jo."

„Nein, nein, Sie haben schon recht, er muss es halt auch noch lernen, das Alleinsein!"

„Na, sehen Sie", sagte die Sabine und hakte sich wieder bei ihm ein.

Plötzlich begann der Peter Wegener die Sache mit der schönen Frau an seiner Seite zu genießen und er fand seinen alten Charme und Witz wieder. Er blieb bei jedem Messestand stehen, parlierte und schäkerte mit den Damen und Herren und Sabine staunte nicht schlecht, als sie erkannte, dass er über Antiquitäten und Bilder sehr gut Bescheid wusste.

Die Zeit verflog in sensationellem Tempo, als die beiden in einen etwas ruhigeren Saal eintraten. Nach einem Messestand mit schönen Biedermeier-Schreibtischen und -Anrichten stockte Peter Wegener der Atem. Sie waren plötzlich in eine Zauberwelt eingetreten. Eine größere Anzahl von Spielautomaten, Spieltischen und kleinen Spieluhren zogen ihn in seinen Bann. Er konnte sich nicht sattsehen und vergaß seine Begleiterin. Plötzlich wanderte sein Blick in den hinteren Teil des Messestandes und hier, er konnte es nicht fassen, saß in einem Messingkäfig eine kleine Nachtigall auf einer Stange. Erst als er unmittelbar an den Käfig trat, erkannte er, dass es kein lebender Vogel war. Es war die perfekte Kopie mit dem Federkleid einer Nachtigall. Eine uralte Dame, die ihn schon längere Zeit beobachtet hatte, trat auf ihn zu. „Na, was sagen Sie, mein Herr, ist das nicht ein Kunstwerk?"

„Ich bin fasziniert", war seine Antwort. „So etwas Schönes suche ich schon mein ganzes Leben lang und habe es noch nie gesehen."

„Ja, wissen Sie", krächzte die alte Dame, „sie ist etwas Besonderes. Mein Großvater stellte Spieluhren her und da kam er auf die Idee, eventuell auch etwas mit beweglichen, kleinen Vögelchen zu erfinden. Es ging ihm nicht um diese Nachtigall und ihr schönes Federkleid alleine, sondern er wollte auch, dass sie sich bewegt, ihren Schnabel auf- und zumacht und so schön singen kann wie eine richtige Nachtigall. Um den Gesang der Vögel zu studieren, ging er in den Wald. Er bastelte kleine Blasebalge, die er mit kleinen Pfeifchen verband und dann baute er diese wunderbaren kleinen Vögel."

„Ja, aber singen, das kann die nicht", meinte in seiner trockenen Art der Peter Wegener, „das kann ich mir nicht vorstellen. Vielleicht kann sie auch noch fliegen."

„Ja, mein Herr, da irren Sie sich, die kann auch singen. Aber ich werde Sie Ihnen nicht geben, denn es ist meine einzige Nachtigall und sie ist ein Schaustück. Andere Vögel habe ich noch zur Genüge. Schauen Sie nur."

Jeden Vogel sah sich der Peter Wegener an und dann meinte er: „Das ist die einzige Nachtigall, die ich haben möchte, die anderen sind auch sehr schön, aber wie gesagt für diese Nachtigall würde ich schon etwas tiefer in die Tasche greifen. Auch wenn Sie sie nicht hergeben, was würde sie denn kosten?"

Die alte Dame sah ihm tief in die Augen und meinte: „Sie haben sicher viel Geld und eine schöne Frau noch dazu, was wollen Sie denn mit einer Nachtigall im Käfig?"

„Ich kann es nicht erklären, so etwas war schon immer ein Traum von mir, seit ich als Kind ein Märchen über einen König und eine Nachtigall gelesen habe. Könnten Sie mir den Vogel nicht ab und zu für eine gewisse Zeit leihen? Leihgebühr ist natürlich selbstverständlich. Auf Ihrem Stand ist ja nicht sehr viel los und Ihre Kosten sind ja sicher auch nicht gering in dieser teuren Stadt."

„Wissen Sie, mein Herr", kam die Antwort, „dies ist meine letzte Ausstellung und es sind auch meine allerletzten Spieluhren und Figuren. Ich gebe sie nicht her. Wir sind noch die ganze Woche hier und genießen die letzten Eindrücke in dieser wunderbaren Stadt. Sie können ja jeden Tag vorbeikommen, und wenn Sie vor ihr stehen, werde ich die Nachtigall für Sie singen lassen." Sabine hatte ihn schon die längste Zeit genau beobachtet und meinte: „Kommen Sie Peter, überlegen Sie

nicht lange und gehen wir gemütlich ins kleine Messecafé."
Peter Wegener drehte sich noch einmal um und konnte noch
einen Blick auf die Nachtigall werfen. „Ich komme morgen
wieder, gnädige Frau", rief er noch in den Messestand hinein.
Die Zeit im Café mit Sabine verflog wie im Traum. Die
beiden kamen sich näher und Peter lud Sabine für den Ostersamstag in sein Haus ein. „Nehmen Sie Ihre Daisy mit, der Jo
wird sich sicher sehr freuen."
Beim Aufwiedersehen gaben sie sich lange die Hand und
sahen sich tief in die Augen und er küsste ihre Hand.
Am nächsten Tag war Peter Wegener schon sehr früh auf
den Beinen. Er hatte schlecht geschlafen und einen furchtbaren Traum. Ein dicker unsympathischer Käufer blätterte
der alten Dame Hunderttausend Euro hin und die Nachtigall
war weg. Auch das schöne Erlebnis mit Sabine ging ihm nicht
mehr aus dem Kopf.
Um Punkt 10 Uhr traf er sich mit seinem Freund Martin vor
der Eingangstür der Messe. Sein erster Weg war zu dem Stand
mit den Spieluhren. Da saß sie wieder, die kleine Nachtigall.
Er hatte den Eindruck, dass sie heute ihr Schnäbelchen geöffnet hatte und ihm direkt in die Augen sah. Die alte Dame
hatte ihn schon erspäht und meinte: „Ich habe mir fast gedacht,
dass Sie wiederkommen. Gestern konnte ich sie ja nicht singen
lassen, da sie ihre Begleiterin weiter gezogen hat. Hören Sie zu,
ich lasse das Vögelchen für Sie singen." Und dann fühlte sich
Peter Wegener wie der König, der seine Nachtigall im Garten
singen hörte und auf der Stelle gesund wurde. „Gnädige Frau,
geben Sie mir Ihren Schatz. Sie kriegt den schönsten Platz in
meiner Wohnung."
„Lieber Herr, es ist leider zu spät, gestern noch kam eine sehr,
sehr reiche Dame und hat mir den Käfig und die Nachtigall
abgekauft. Ich musste es tun, ein Gerichtsurteil lag gestern
Abend noch zuhause am Schreibtisch, sonst wären wir bankrott
und hätten nicht einmal die Gebühren für die Messe bezahlen

können." Peter Wegener klappte förmlich zusammen und sein Freund Martin meinte zu ihm: „Lass doch die alte falsche Schachtel. Wir werden schon irgendwo einen Vogel, der zu deinem eigenen Vogel passt, finden." Dann zog er Peter einfach weiter. Er hatte zwei hübsche Damen erspäht.

Der Ostersamstag war angebrochen und Peter Wegener bereitete alles für den Empfang von Sabine vor. Er hatte die Gartenlaube sauber gemacht, den Tisch gedeckt und aus der Konditorei einige Leckereien besorgt. Um 15 Uhr war ausgemacht. Vorher machte er noch einen ausgiebigen Spaziergang mit Jo und dann war es bald so weit.

Punkt 15 Uhr fuhr ein kleiner offener Sportwagen vor. Sabine stieg aus und Peter begrüßte sie. „Lydia habe ich zuhause gelassen", sagte sie lachend. „Wer weiß, was der Jo sonst wieder vorhat." Peter zeigte ihr zuerst sein kleines Haus und führte sie nach einer ausgiebigen Gartenrunde in seine Gartenlaube. Sie war gar nicht so überrascht, irgendwie hatte sie schon so etwas Ähnliches erwartet. Die Zeit flog einfach so dahin, und als es bereits auf 17 Uhr zuging, sagte sie plötzlich: „Mein Gott ich habe ja beinahe etwas vergessen. Hast du nicht etwas im Haus zu tun, ich habe ja auch selbstverständlich ein kleines Gastgeschenk mitgebracht. Aber du musst die Augen zumachen, bevor du bei der Laubentür hereinkommst." Peter trug das Geschirr ins Haus, und als er wieder zur Tür der Gartenlaube hereinwollte, rief sie: „Stopp, Augen zu und jetzt erst darfst du eintreten." Peter Wegener öffnet die Augen und musste sich erst an das Licht gewöhnen. Als er auf die kleine Bauernkommode blickte, stockte ihm der Atem. Es waren nur die Umrisse eines Gegenstandes schemenhaft zu erkennen, der mit einem Seidentuch zugedeckt war. „Lass ja die Augen zu und bleib stehen; erst wenn ich es dir erlaube, darfst du sie aufmachen." Peter Wegener stand ruhig da und plötzlich erklang ein wunderbarer Gesang in der kleinen Gartenlaube.

„Jetzt darfst du schauen", und dann sah er etwas, was er sich nie erträumt hätte. Auf der alten Bauernkommode stand ein Vogelkäfig aus Messing und darin sang die Nachtigall, die er so gerne gehabt hätte. Er war fassungslos. Das kleine Vögelchen öffnete seinen Schnabel, bewegte sein Köpfchen zu ihm her und schmetterte seine wunderbare Arie.

Ein halbes Jahr war nun schon wieder vergangen, in dem Peter Wegener wieder begann zu leben. Die Zeit mit Sabine war bisher seine schönste.

Eines Tages bekam er einen Brief. Der Sohn der alten Dame, die Sabine die Nachtigall gegeben hatte, schrieb ihm, dass seine Mutter sich sehr schwer von der Nachtigall getrennt habe. Erst als Sabine so lange bettelte, gab sie endlich nach. Er habe mittlerweile keine einzige der Spieluhren und Vogelkäfige verkauft. Seine Mutter liege nun im Sterben und nur ein einziger Vogelkäfig, der an ihrem Bett stehe, sei leer. Sie wünsche sich nichts Sehnlicheres, als dass die Nachtigall noch einmal für sie singen würde. Aber es ging halt leider nicht.

In dieser folgenden Nacht konnte Peter Wegener nicht gut schlafen. Um zwei Uhr morgens war er plötzlich hellwach. Träumte er oder war er verrückt geworden? Aus dem Wohnzimmer erklang der Gesang der Nachtigall. Er drehte sich in seinem Bett um, sah noch nach Jo, der ebenfalls die Ohren spitzte, und dann schlief er wieder ein.

Am nächsten Morgen hatte er den Vorfall wieder vergessen. Er machte sich sein Frühstück, fütterte Jo und wollte gerade aus dem Haus gehen. Er warf noch einen Blick in das Wohnzimmer. Zuerst fiel ihm noch nichts auf, doch als er zur alten Kommode blickte, schien es ihm, als wäre das Seidentuch, mit dem der Vogelkäfig immer zugedeckt war, auf einer Seite weggedreht worden. Er ging zur Kommode, blieb davor stehen und dann zog er ruckartig das Seidentuch vom Käfig herunter.

Peter Wegener traute seinen Augen nicht, die Käfigtür war offen und die Nachtigall verschwunden. Einzig eine kleine blaue Feder lag im Käfig auf dem Boden.

Zwei Tage später erhielt Peter Wegener einen Anruf. Der Sohn der alten Dame war am Apparat. „Herr Wegener, Sie werden es kaum glauben.

Vor zwei Tagen lag unsere Mutter im Sterben. Wir hörten plötzlich das wunderbare, aber sehr traurige Lied einer Nachtigall. Den Wunsch meiner Mutter, neben ihrem Bett einen leeren Käfig aufzustellen, haben wir ihr natürlich erfüllt. Jeden Tag sah sie in den Käfig. Er war aber immer leer. Als wir an diesem Tag das Sterbezimmer betraten und Nachschau hielten, sang im Käfig jene Nachtigall, die meine Mutter Ihrer Freundin damals zu Ostern übergeben hatte. Sie nahm ihr damals das Versprechen ab, auf Sie, Herr Wegener, besonders zu achten. Diese Nachtigall hatte mein Großvater meiner Mutter mit seiner unnachahmlichen Kunst gebaut und geschenkt. Als sie die Nachtigall sah und hörte, ist sie friedlich und mit einem Lächeln auf den Lippen eingeschlafen."

Kakadus fressen Chihuahua

F abs saß in seinem Zimmer und zeichnete. Sein letzter Schultag vor den Ferien in der dritten Klasse des Gymnasiums war eigenartig zu Ende gegangen. Es war der Tag, an dem die Zeugnisse verteilt wurden. Die von ihm sehr verehrte Frau Professor gab ihm sein Zeugnis in die Hand und meinte: „Fabs, es war toll, was du in diesem Jahr geleistet hast." Dann jedoch stockte sie etwas und verzog ein wenig ihr Gesicht. „Das ist mir ja noch gar nicht so richtig aufgefallen, aber schau selbst. Du hast in allen Fächern ein Sehr gut aber in Zeichnen einen Dreier." Sie schüttelte unmerklich den Kopf und dachte sich, diese rothaarige Xanthippe. Wie kann sie nur so etwas machen? Als Fabs das Zeugnis in der Hand hielt, meinte er nur lächelnd: „Schuld waren die rote Lederjacke und die roten Stiefel."

Dann hatte er nicht einmal mehr die Zeit, um der Frau Professor die Hand zu geben und er hörte auch nicht mehr, dass sie ihm noch nachrief: „Fabs nimm's nicht ernst, ich wünsche dir eine schöne Ferienzeit!"

Fabs sauste in den zweiten Stock des Gymnasiums, denn dort beendete gerade die vierte Klasse, in der sein Bruder saß, die Zeugnisverteilung.

Als sein Bruder auf ihn zukam, drückte ihm Fabs sein Zeugnis in die Hand und als David den Dreier als Erstes erblickte, meinte er nur: „Wir wissen alle, dass sie ein Trampel ist. Komm, wir fahren gar nicht mehr nachhause, sondern sofort ins Schwimmbad. Ich rufe die Mama an, dass wir erst um fünf Uhr zuhause sind."

Nun saß er also an seinem Schreibtisch und hatte alle Zeichnungen des vergangenen Schuljahres vor sich ausgebreitet.

Er ging jede Zeichnung durch und konnte eigentlich nichts entdecken, was ihm nicht gefallen hätte. Ein Zeichenlehrer mit großer Erfahrung hätte erkennen müssen, dass der Fabs begabt war. Als er alles durchgesehen hatte, packte er den ganzen Krempel in eine Mappe. „Das will ich alles noch dem Opa zeigen", murmelte er vor sich hin. Was der so meint?

Am Abend war großer Austausch von Meinungen über das Zeichentalent von Fabs, als der Opa die Stiege heraufkam. „Was sagst du zu dieser Kuh, Großvater?", meinte der große Bruder. „Ehrlich gesagt finde ich die Zeichnungen einfach klasse", sagte der Opa. „Die hat ja keine Ahnung diese Kuh, die sind ja ganz modern diese Zeichnungen, wie alt ist denn die?"

„Uralt", meine der Fabs. „Ja, was ist denn uralt?"

„Na ja die ist schwer zu schätzen, die hat rote lange gefärbte Haare und immer eine rote Lederjacke, roten Lippenstift, rote Stiefel und einen schwarzen Rock an. Der ist ihr aber immer viel zu kurz. Ich schätze so an die vierzig Jahre, so wie die Mama und einen Mann hat sie auch keinen."

„Na ja", meinte der Großvater, „dann ist ja alles klar. Die hat einen Frust, weil sie nicht so gut zeichnen kann wie du und nichts von Malerei versteht. Sie soll das Zeugnis umschreiben. So etwas tut man doch nicht, einfach mit einem Dreier das ganze Zeugnis verhauen. Überhaupt, wenn einer lauter Einser im Zeugnis hat. Wenn du mehrere Fünfer gehabt hättest, wäre dies eine gute Note gewesen und wir hätten dich alle gelobt. Wenn du willst, besuche ich sie sofort. Noch heute Abend."

„Nein, das tust du ja nicht", kam es von Fabs Mutter. Aber der Opa war ein alter Tüftler und er fragte hinterhältig: „Da war doch sicher etwas, kannst du dich nicht mehr erinnern, Fabs?"

„Ja natürlich war da einige Male etwas."

„Na was, heraus mit der Sprache!" Fabs drückte herum, aber sein großer Bruder war schneller. „Na es ist ihm bereits am ersten Schultag ein Satz herausgerutscht, diesem Esel." „Du kannst es ruhig sagen", meinte der Fabs, „denn es ist ja wahr.

„Als sie bei der Tür hereinkam, meinte er in der ersten Reihe sitzend und gut hörbar in seiner schrulligen Art: ‚Na, heit is aber wieder beinander wia a Hur, mit ihrer roten Lederjacke und den roten Stiefeln.‘"

„Na ja", sagte der Opa, „da brauche ich nicht zu ihr gehen, denn wenn sie das Gleiche wieder anhat, tät I sie gleich fragen, ob sie heute noch was vorhat und was es kostet."

Die Stimmung war jedoch in keiner Weise getrübt und Opa bestellte eine Runde Pizza. Man feierte den einzigen Dreier in der Familie.

„Vielleicht ist sie nächstes Jahr schon gestorben", meinte der Fabs nachdenklich. „Dann habe ich sowieso nur mehr Einser."

In den Ferien allerdings kam eine schwerere Zeit auf den Fabs zu. Er wurde krank und es ging ihm nicht sehr gut. Aber er war ein tapferer Bursche und seine Familie, seine Freunde und seine Tiere waren ihm eine große Stütze. Eines Tages tauchte er auf der Terrasse des Opas auf und fragte ihn, ob er eine Partie Schach mit ihm spielen würde. Der Opa war begeistert, er war nicht ganz konzentriert und plötzlich war er schachmatt. Der Fabs verschwand daraufhin im Wohnzimmer, und als der Opa nachschauen ging, saß er in seinem großen, mit Leder überzogenen Ohrenstuhl. Hier saß er bei jedem Besuch sehr gerne.

„Der taugt dir, der alte Sessel", meinte der Opa, „du kannst darin sitzen, so oft du nur willst. Ich geb dir auch den Schlüssel, dann kannst du selber aufsperren und Probe sitzen."

„So einen Stuhl hätte ich wahnsinnig gern", kam es aus dem Fabs. Es dauerte nicht lange und ein Ohrenstuhl für den Fabs stand in der Wohnung. Es saß natürlich nicht nur er drinnen, sondern die riesigen Main Coon Katzen Luna und der Kater Lenni sowie das süße kleine Kampfhündchen waren ständige Besucher auf diesem Thron. Aber in erster Linie war es Fabs Ohrenstuhl. Die Krankheit wurde langsam wieder besser und eines Tages rutschte der Fabs zu seiner Mammi ins Bett. „Wie geht's dir denn?", war ihre erste Frage, „brauchst du etwas, hast du Hunger oder hast du vielleicht einen Wunsch, den ich dir erfüllen könnte?" Fabs sah sie an und legte seine Hände um ihren Hals. „Mammi, weißt du, was ich gerne möchte?"

„Nein das weiß ich natürlich nicht, aber du wirst es mir gleich sagen."

„Bitte lach nicht, es ist ein sonderbarer Wunsch. Vor ein paar Wochen hatten wir doch einen überraschenden Besuch. Du weißt, dass vor einiger Zeit plötzlich eine zahme Elster in unserer Wohnung saß. Sie ist die ganze Nacht auf der Vorhangstange gesessen, dann wieder in der Wohnung herumgeflogen und am nächsten Morgen war sie wieder plötzlich weg."

„Ja", sagte die Mammi, „das ist schon sehr nett gewesen, aber den Dreck, den dieser Vogel hinterlassen hat, habt ihr nicht weggeputzt." Das war wieder die liebe Mammi. „Ich weiß, ich weiß, aber bei meinem Wunschobjekt würde ich selbstverständlich eine schriftliche Verpflichtung abgeben, dass ich mich alleine darum kümmern würde. Na ja und was wäre denn dein größter Wunsch Fabs?" Der Papi und der Bruder wurden plötzlich ruhig und aufmerksam und hörten mit Entsetzen, was der Fabs so von sich gab. „Mammi, ich habe nun den wunderbaren Ohrenstuhl, ich bin sehr zufrieden, aber weißt du, was mir noch fehlt?"

„Ja, was denn, sag es endlich."

„Mammi, Papi und Bruderherz, ich wünsche mir von ganzem Herzen einen weißen Kakadu. Der, wenn ich nachhause komme, den ganzen Tag auf meiner Schulter sitzt und bei mir ist. Der auch im Ohrenstuhl bei mir auf der Schulter sitzt, der bei meinen Aufgaben auf der Schulter sitzt und der auch mit mir ins Bad geht. Kakadus können ja sicher auch schwimmen." Nun war es plötzlich totenstill im Zimmer.

Die Mammi war einem Ohnmachtsanfall nahe. Aber nach einigen Minuten der Ratlosigkeit meldete sich der Bruder zu Wort: „Ma, des warat ja geil. Einen Kakadu, den hat nicht

jeder, einen Vogel den haben schon die meisten!" Der Papa
lächelte vor sich hin und meinte schlussendlich: „Das stimmt,
einen Kakadu hat wirklich nicht jeder. Wer soll denn auf den
aufpassen den ganzen Tag. Kann man den im Wohnzimmer
im Käfig einsperren? Da ist er ja arm, der muss ja fliegen."
„Na ja, wenn ich am Nachmittag zuhause bin, dann kann er
ja fliegen. Ich hänge ihn an eine Schnur und lasse ihn steigen.
So wie einen Drachen." Sein Bruder sah ihn von der Seite an
und meinte: „Na ja, ich geh jetzt Radl fahren. Macht es euch
selber aus. Ich pass nicht auf deinen Vogel auf. Frag den Opa,
vielleicht passt der auf ihn auf. Der geht ja sowieso jeden Tag
mit deinem kleinen Raubtier spazieren. Du wolltest das ja
immer erledigen. Vielleicht fliegt er mit deinem Kakadu auch
eine Runde ums Haus!" Der Papa kam nun auch ins Bett zur
Mammi und zum Fabs und meinte: „Wir fragen wirklich den
Opa, denn sein Cousin in Mallorca, der hat auch eine Tier-
menagerie und einen Kakadu und der kennt sich sicher ganz
genau mit Vögeln aus. Der Opa soll ihm ein Mail schicken
und wir sagen ihm, was er fragen soll und wie man so einen
Vogel hält. Ein Vogel mehr im Haus macht mir persönlich
auch nichts mehr aus, und wenn der Fabs eine Freude hat, und
schneller gesund wird, warum denn nicht?!"

Fabs stand sofort vom Bett auf und telefonierte noch in
der Nacht mit dem Opa. Er schilderte ihm alles in bunten
Farben, wie schön so ein Vogel sei und was diese Vögel alles
können usw. „Was sagst du dazu, Opa?" „No jo", nach längerem
Zögern kam dann eine Antwort, die der Fabs so schnell nicht
erwartet hatte. „Fabs du hast doch Energieferien, ich glaube
es ist am besten, wir beide fliegen morgen in der Früh nach
Mallorca. Der Eric in Mallorca wird zwar Augen machen,
wenn wir beiden unangemeldet bei ihm vorbeikommen, aber
wenn einer einen Kakadu will, darf man nicht lange überlegen. Der Eric ist die beste Auskunftsperson und das geht nur
persönlich mit ihm. Am Telefon ist der sehr umständlich und

fragt unentwegt völlig andere Dinge, nach seinen Verwandten und erzählt uns lauter Geschichten über seine Kakadus, Affen, Hunde und Katzen. Ich gehe gleich ins Netz, aber meines Wissens fliegt jeden Tag ein Flieger nach Mallorca." Der Opa telefonierte natürlich noch in der Nacht mit seinem Cousin in Mallorca. „Einen Kakadu will der Fabs, das müsst ihr ihm ausreden. Ich habe einen Molukkenkakadu und seit Neuestem ein Molukkenkakadu Kind. Weißt du, was das heißt einen Kakadu zu halten? Das musst du ihm ausreden. So ein Vogel ist kein normales Schmusetier und sehr, sehr viel Arbeit."

„Ja das kann ich mir schon vorstellen, aber der Fabs war sehr krank und wir wollen ihm jeden Wunsch erfüllen."

„Nun gut, du hast ja unwahrscheinliches Glück, ich bin ab morgen wieder auf der Insel und ich freue mich, wenn ihr beiden kommt. Ich hole euch natürlich vom Flughafen ab."

Tatsächlich, nach einem Rückruf bei seinem Schulfreund Klausi, der es zum Flughafendirektor gebracht hatte, organisierte der Klausi dem Opa und dem Fabs eine Mitfluggelegenheit in einer Frachtmaschine.

Pünktlich um 7 Uhr startete am nächsten Morgen die Boeing 747 mit den beiden Passagieren und der Fabs durfte bei den beiden Piloten vorne sitzen. Währen der Opa auf einem Notsitz seine Zeitung inhalierte, hörte er ein ständiges Kratzen in einem der Kartons neben ihm. Die beiden Piloten erklärten ihm, dass sie lebende Tiere mit an Bord hätten und die kratzen halt auch manchmal. „Mach dir keine Sorgen, es sind keine Krokodile. Die haben dort einen Zoo und bekommen alles Mögliche. Die Tiergartendirektorin hat uns Verschiedenes anvertraut. Solltest du allerdings eine Schlange sehen, die aus ihrem Käfig entwischt ist, bitte einfach die Füße einziehen und absolute ruhig verhalten. Dann verschont sie der Ringelwurm wahrscheinlich." Der Opa war sehr beruhigt.

Der Landeanflug war ein bisschen wackelig, aber die Insel präsentierte sich in hellem Sonnenschein. Als sie aus dem

Flieger kletterten, hatte es bereits am Morgen 21 Grad. Vor dem Flughafengebäude wartete bereits der Eric mit seinem alten Cabrio. Nach circa einer Stunde Fahrt in den Südwesten der Insel war es nicht mehr sehr weit. Sie bogen von der Hauptstraße ab und fuhren einen unbefestigten Weg ziemlich steil nach oben. Dann blieb allerdings dem Fabs das Herz stehen. Ein kleines Einfahrtstor öffnete sich automatisch, und als sie auf dem Grundstück weiterfuhren, kamen ihnen ein Schäferhund und ein winziger undefinierbarer Mischlingshund laut bellend entgegen. Eric meinte noch „das sind die Nora und der Socke. Unsere unschlagbaren Wächter auf dem Grundstück. Die beiden hören und sehen alles und melden sofort, wenn sich jemand unangemeldet auf dem Grundstück bewegen sollte. Das ist wichtig, weil wir doch etwas abseits liegen." Sie fuhren auf der durch eine Unzahl von Olivenbäumen gesäumten Straße weiter und die beiden Hunde rannten voraus. Plötzlich öffnete sich der Fahrweg und der Ausblick auf eine fantastische Finca bot sich ihnen. „Ma is des krass", kam es dem Fabs von den Lippen. Im Hintergrund konnte man am Horizont das blaue Meer erblicken. Dann führte der Eric seine beiden Gäste auf die Terrasse und es gab als Erstes einen kleinen Begrüßungscocktail. Nach einigen Gesprächen, die dem Fabs natürlich viel zu lange dauerten, wackelte er schon unruhig auf seinem Sessel hin und her. „Es ist mir schon klar, du bist natürlich schon total neugierig auf meine gefiederten Mitbewohner." Plötzlich blieb dem Fabs beinahe das Herz stehen.

Ein markerschütternder Schrei brach sich an den Felsen hinter dem Haus. „Ja, was ist denn das?", fragte auch etwas beunruhigt der Opa. „Nur keinen Schreck, das ist der Pedro."

„Ja wer ist denn der Pedro?"

„Das ist mein Molukkenkakadu. Der schreit oftmals am Tag so laut. Aber hier bei mir stört es ja niemanden", und er betrachtete so nebenbei den kleinen Fabs. Der jedoch meinte: „Ma, der taugt mir aber, da ist wenigstens etwas los in unserer Gasse."

„No jo", meinte der Opa, „wem es gefällt." Dann nahm Eric den Fabs bei der Hand und führte ihn zu einer großen Voliere. Und da saß der schneeweise Molukkenkakadu Pedro in seiner ganzen Pracht auf seiner Stange. „Du musst dir im Klaren sein, dass der Pedro einen großen Auslauf braucht. Nicht nur zum Herumgehen, sondern der will auch fliegen. Einen so kleinen Vogelkäfig, wie ihn ein Minikanarienvogel akzeptieren würde, kommt für einen ausgewachsenen Kakadu nicht in Frage."

„No jo", meinte der Opa mit den Augen rollend, „Platz hama ja genug. Ziehst halt aus deinem Zimmer aus, machst eine Kakaduvoliere daraus und es passt schon." Fabs sah den Opa stirnrunzelnd an. „Na ja, in mein Zimmer kann er zu Besuch kommen, aber neben so einem Schreier kann ich nicht schlafen."

„Ja und du musst auch bedenken, der hat ja wunderbare weiße Federn, die er sich jeden Tag stundenlang putzt und dabei fallen ihm so viele Schuppen herunter, dass eine Trilliarde von Hausstaubmilden satt wird."

„Ah geh, Onkel Eric, so arg sehe ich das nicht. Du musst ihm auch mehrmals am Tag seinen Kopf und seine Federn fein säubern und kraulen, denn das mag er sehr und das verbindet ihn mit dir zu einer wunderschönen Zweisamkeit. Da liebt er dich umso mehr."

„No jo", meinte der Opa, „das ist ja auch wichtig, dass man mit seinem Tier im Geiste verschmilzt."

„Opa, gefällt er dir vielleicht nicht?" Der Opa meinte: „No jo, schön ist der schon, da kann man nichts sagen und auffallen wirst du überall damit, wenn du mit ihm spazieren gehst."

„No jo", meinte jetzt der Eric, die Verwandtschaft war herauszuhören, „spazieren gehen ist mit dem Molukkenkakadu schon immer ein Problem. Denn der sitzt nicht ruhig auf deiner Schulter. Der geht auch manchmal sehr gerne zu Fuß und wenn der eine Katze oder einen Hund sieht, wird er vorerst unwahrscheinlich freundlich. Aber wenn du glaubst, jetzt hat er sich mit den anderen Tieren angefreundet, dann hast du dich getäuscht. Plötzlich, so schnell kann ein Hund gar nicht schauen, sitzt er schon auf seinem Rücken und lässt sich im friedlichsten Fall von ihm herumtragen. Aber wenn der Hund glaubt, das geht so weiter, dann täuscht er sich, denn der Molukkenkakadu reißt ihm so schnell die Haare aus, dass er es vorerst gar nicht mitbekommt. Erst wenn er bereits eine kleine Glatze auf dem Rücken hat, wird es dem Hund meist zu bunt und dann gibt es Knautsch.

Aber Fabs ich kann dich beruhigen, wenn du dich sehr um deinen Kakadu kümmerst, ist er einer der wenigen Schoßvögel und kann sich eher wie ein zahmer Hund als ein Vogel benehmen. Er ist nicht nur schön anzuschauen, sondern er ist auch sehr anhänglich."

„No jo", meinte der Opa, „da braucht man aber eine Einschulung für das Vieh", rutschte es ihm heraus. Fabs hörte gar nicht zu, was der Opa sagte, sondern seine Augen glänzten vor Begeisterung.

„Du musst dir auch vorstellen, dass der Molukkenkakadu so an die neunzig Jahre alt wird. Was wird mit ihm geschehen, wenn du nicht mehr lebst? Dann ist er ja ganz alleine."

„No jo, bis dahin hat der Fabs ja selber Kinder, die sich dann um die beiden kümmern werden."

„Ja übrigens, lass diesen wundervollen Vogel nie alleine mit Babys, Kleinkindern oder Jugendlichen, die er nicht kennt. Es kann passieren, dass, wenn jemand sein Gesicht zu nahe an ihn hält, anschließend ein Gesichts- oder Schönheitschirurg antanzen muss."

„No jo", meinte der Opa, „die sind ja gar nicht einmal so teuer." Eric meinte noch „Er verstümmelt gerne fremde Gesichter."

„Super", meinte der Fabs, „der taugt mir."

„Er braucht sehr viel Zuneigung, Liebe und Zeit, die du mit ihm verbringen musst. Wenn er längere Zeit einsam ist, beginnt er sich selbst zu verstümmeln, reißt sich alle Federn aus, und falls er eine Gefährtin im Käfig hat, kann es ein, dass er sie umbringt."

„No jo", sagte der Opa und sonst nichts mehr.

„Aber jetzt zeige ich dir etwas, da wird dir das Herz aufgehen. Ich habe ja noch ein Molukkenkakadu-Baby in einem Käfig. Ich würde es vielleicht abgeben."

Dann stand der Fabs vor dem Käfig und was er sah, öffnete ihm wieder einmal sein weites Herz in ungeahnte Weiten. Ein kleines wuscheliges, weißes Etwas sah ihm mit seinen klaren Augen, die wie ein schwarzes Loch aussahen, voller Neugierde an und studierte ausgiebig das Gesicht von Fabs. Fabs meinte dem kleinen Vogel bis in sein Innerstes sehen zu kennen.

„Weißt du", sagte nun Eric, „der Molukkenkakadu ist so süß und niedlich wie nur wenige andere Vögel und Papageien. Aber Vorsicht, sie werden größer und es kann ein totaler Wandel in dem Vogel vor sich gehen. Er wird sich mit Sicherheit verändern und aus dem Tier, was bis jetzt keiner Fliege etwas zu Leide tun konnte, kann ein kleines Monster werden. Aber nur, wenn er zu wenig Zuwendung, zu wenig Ausflugsmöglichkeiten bekommt und zu wenig mit ihm gespielt wird. Er ist ein begeisterter Spieler und blitzgescheit. Der Käfig muss immer blitzblank geputzt sein, das will er auf jeden Fall, und wenn er zu wenig Beschäftigung hat, könnte es zu deinem Problem werden."

„Das war mir schon immer klar", meinte der Fabs begeistert. „No jo", meinte der Opa nur mehr. „Du mit deinem *no jo* klingst ja nicht gerade begeistert", meinte der Fabs grübelnd. „Nein, da täuschst du dich Fabs, es ist faszinierend, was dieser Kakadu für ein wunderbarer Begleiter für dich werden wird." Eric beobachtete den Fabs schon lange und die Blicke zwischen ihm und Opa gingen hin und her. „Weißt du was, Fabs?", Fabs hatte schon seinen Finger zu dem Kakadubaby in den Käfig hineingestreckt und begann sein kleines Köpfchen zu kraulen,

„wenn du einen weißen Molukkenkakadu haben möchtest, dann mache ich dir ein Angebot. In den Sommerferien kommt ihr wieder und da kannst du dich mit dem kleinen Babykakadu und dem großen Molukkenkakadu vertraut machen. Ich zeige dir alles, wie man mit ihm umgeht und dann kannst du ihn ja mit nach Hause nehmen." „Das wäre ja ganz toll. Ich kann mir schon die ganze Zeit vorstellen, wie er auf meiner Hand sitzt und vielleicht auch spricht. Ich lerne ihm vielleicht nur lauter schöne Wörter. Ich werde Tag und Nacht für ihn da sein."

„No jo", meinte der Opa, „das ist ein wahrlich tolles Angebot, lieber Cousin. Ich gebe dir allerdings noch einen Rat, du hast ja gehört, wie der große Kakadu schreien kann. Um dich und deine Familie und die Nachbarn an diesen Lärm zu gewöhnen, solltest du bereits einige Monate vorher täglich mehrere Male das Radio mit voller Lautstärke durch die Gasse dröhnen lassen. Nur damit sich alle daran gewöhnen und nicht nachher überrascht sind, wenn ein neuer Nachbar eingezogen ist, der etwas lauter schreit als eure Familie. Normalerweise genügt es zweimal am Tag, so circa fünf Minuten lang. Und das Wichtigste ist eine große Voliere, am besten im Garten oder auf der Terrasse, wo er dich immer sehen kann, denn er will ja unbedingt mit dir kommunizieren. Abklären solltest du auch noch, ob jemand allergisch gegen Staub ist, denn der Federstaub, den ein Molukkenkakadu produziert, entsteht in unglaublichen Mengen. Du musst seinen Kopf, aber das werde ich dir alles sowieso im Sommer noch sagen, alle paar Tage durchputzen.

Du kannst jetzt schon mit mir mitkommen, wir werden den großen Pedro füttern und dann siehst du gleich, was der so vertilgt. Grüne Bohnen, Mais, Karotten, fast alle Sorten von Gemüse und Reis. Früchte, Nüsse und Affenfutter gibt's in Zoos und Affenkuchen liebt er auch.

Dann nimmst du ihn jeden Tag aus der Voliere und spielst mit ihm. Jeden Tag ist die Hinterlassenschaft deines kleinen Lieblings sauberst aus der Voliere zu räumen."

„No jo", meinte der Opa. Fabs warf ihm einen vernichtenden Blick zu. „Er liebt ein blitzblank geputztes Heim. Dann must du ihn auch an eure Katzen und den Hund gewöhnen, denn es kann sein, das er keine Mitbewohner duldet."

„Amen", sagte darauf der Opa!

„Deine Fürsorge und Hingabe wird er dir durch lebenslängliche Zuneigung, Treue und Liebe wieder zurückgeben", kam es noch als Draufgabe vom Cousin Eric. Der Opa dachte: „Na, der will seinen Vogel anbringen, das ist mir jetzt klar."

„Ich habe jetzt Hunger bekommen und lade euch in das Fischlokal im Hafen ein", kam es nun vom Opa leicht erschöpft.

„Ich habe genug vom Kakadu. Du bist gemeiner, als ich mir immer schon dachte", kam es vom Fabs.

„Nein, gemein bin ich nicht, frag die Stiefoma."

„Das hab ich schon und sie sagte mir auch: ‚Mit dem Opa musst du vorsichtig sein. Der ist hundsgemein!'"

Das Fischlokal war ein Traum, direkt am Hafenbecken gelegen und es war noch keine Hochsaison. Einige einheimische Mallorquiner waren die einzigen Gäste. Der Wirt zauberte ein wunderbares Fischmenü aus der Küche und sogar der Fabs, der noch nie in seinem Leben eine Muschel oder anderes Meeresgetier angerührt hatte, war begeistert.

Zur späteren Stunde, als sich der Opa und Eric auf der Terrasse noch ein paar Gläschen gönnten, war der Fabs bereits ins Bett gekrochen, als kurz vor dem Einschlafen ein fürchterlicher Schrei von der Voliere herüberscholl. Fabs saß aufrecht im Bett. Dann realisierte er, dass sein Vogel auch einmal so herrlich schreien würde, und schlief auf der Stelle glücklich ein. Der Opa, der die Tragweite des Kakadu-Geschenkes natürlich voraussah, nahm seinen Cousin ins Gebet. „Er kriegt den Kakadu nur, wenn wir ihn wieder an dich zurückgeben können, falls die Aktion nicht so glücklich endet, wie es sich der Fabs so einfach vorstellt. So ist er quasi eine Leihgabe von dir." Der Cousin hatte natürlich gar nicht vor, ihnen den

Vogel anzudrehen sondern er wollte dem Buben halt eine Freude bereiten. „Ist doch klar, ich kann mir ja auch nicht vorstellen, dass die Aktion gut ausgeht. Lassen wir ihm und seinem Kakadu einmal ein bisschen Zeit und dann wird sich alles von selbst ergeben."

Die Monate vergingen nun und Fabs hatte dann erreicht, was er sich in seinen kühnsten Träumen nicht erhoffte. Ein kleiner weißer Molukkenkakadu saß in seiner bereits nicht zu kleinen Voliere und schaute ihn liebevoll an. „Ich werde dich Pedrillo taufen." Er kraulte ihm das Köpfchen, das ihm sein Liebling entgegenhielt, und konnte dem süßen Winzling wahrlich bis in seine tiefste Seele blicken und auch umgekehrt betrachtete ihn der Minikakadu total verliebt, wie Fabs ganz fest glaubte. Aber man kann sich in tiefe schöne Augen verlieren und auch sehr täuschen. Auch der Opa hatte dies schon, nicht nur einmal, leidvoll erfahren.

Der kleine Molukkenkakadu Pedrillo wuchs jedoch unaufhörlich und wurde zu einem wunderbaren, herrlichen weißen Vogel. Der Fabs war stolz und seine Freunde liebten ihn noch mehr. Vor allen Dingen, wenn der Pedrillo seinen Kamm aufstellte und mit tollem Erfolg präsentierte, waren alle begeistert. In der Familie drehte sich alles, allerdings nur am Anfang, um den wunderbaren Mitbewohner. Überall fand der Vogel begeisterte Fans und so mancher Vater wurde bestürmt, den alten Hund oder den Kater oder den Kanarienvogel einschläfern zu lassen und dafür so einen wunderbaren Kakadu, wie ihn der Fabs besaß, anzuschaffen. Je länger der Pedrillo jedoch die Familie und die Menschen in der Nachbarschaft durch seine Schreierei mehr und mehr terrorisierte und nachdem alle Freunde und Verwandten und die Nachbarn sowieso immer mehr die Familie zu meiden begannen, drehte sich die positive Stimmung plötzlich um einhundert Prozent ins Negative. Der Pedrillo musste dies gemerkt haben, denn er wurde immer eigenartiger. Da der Fabs ihm ja nicht den ganzen Tag Gesellschaft leisten konnte, begann er wahrscheinlich aus Einsamkeit nicht nur zwei Mal am Tag zu schreien, sondern mindestens einmal in der Stunde ließ er seinen furchtbaren Schrei los. In der ganzen Siedlung fuhren die Menschen aus ihrer Lethargie. Das gipfelte bereits in kleineren Bosheiten, indem zu nächtlicher Ruhezeit plötzlich beim Vorbeifahren am Haus der Familie penetrant laut gehupt wurde und alle aufrecht in den Betten saßen. Der Pedrillo sowieso. Der schrie dann die ganze Nacht.

Der Opa, der ja unmittelbar neben der Familie wohnte, begann das Drama bereits zu ahnen. An einem der nächsten Tage nahm er sein Handy und rief seinen Hausmeister, den Cristi Markovic, an. „Du Cristi, glaubst du deine Frau, die Njegoslava, kann die jeden Tag einmal zu gewissen Zeiten, sagen wir so eine Stunde lang, dem Pedrillo Gesellschaft leisten? Das wird natürlich bezahlt und abgerechnet. Dann kann sie auch den Käfig putzen und gleichzeitig mit dem Pedrillo in ihrer liebenswürdigen serbischen Sprache kommunizieren oder ihm etwas vorsingen. Vorsingen liebt der Pedrillo ganz besonders. Dann schreit er nicht so."

„Sicher", meinte der Christi, „Frau Njegoslava gut zu Vögeln und schön singen sie kann!"

„Super, sie kann kommen gleich morgen zu Vogel Kakadu Pedrillo", meinte der Opa, der sofort auf die seit über vierzig Jahren leicht verständliche und verwendete Sprechweise seines Hausmeisters einging.

Einige Wochen klappte das Ritual wunderbar. Der Pedrillo war etwas ruhiger, aber was niemand bemerkte oder ahnen konnte, er begann hinterlistig zu werden. Wenn die kleine Chihuahua Hündin freundlich mit dem Schweifchen wedelnd zu ihm an den Käfig trat, was sie sich dabei dachte, wusste allerdings niemand, aber sie war ja auch ein bisschen hinterlistig, griff der Pedrillo durch die Käfigtür und packte mit seinen Krallen den Schwanz der Hündin. Am Anfang betrachtete sie dies noch als Spielerei, doch als der Kakadu sie immer weiter zu seinem Käfig zog und ihr mit dem langen gekrümmten Schnabel auf den Rücken hackte, erkannte sie den Ernst der Lage und schrie entsetzlich. Anfangs ließ er sie noch los. Bis sie wieder in ihrer Gutmütigkeit, die ihr angeboren war, vergessen hatte, was er ihr antat, und unvorsichtigerweise an den Käfig trat. Nach einigen Tagen bemerkte der Fabs, dass sich am Rücken seiner Hündin eine ziemlich große kahle Stelle gebildet hatte. Die auch mit Blut getränkt war. Es wurde angenommen, es handle sich um ein Ekzem und der Hund werde gesalbt und die Stelle gepudert. Dann war einige Zeit wieder Ruhe und es begannen wieder Haare zu wachsen.

Aber dann kam der Tag der Tragödie, den nie jemand ahnen konnte. Außer dem Opa, dem die kahle Stelle seiner Leihhündin immer verdächtiger vorkam. Er grübelte und grübelte, und das Grübeln hatte sich ja bekanntlich auch in den Fabs vererbt. Als es dem Opa nun langsam aber sicher dämmerte, war es fast schon zu spät.

Die Tragödie nahm ihren Lauf.

Es war ein warmer Herbsttag am Nachmittag und langsam zog ein dunkles Wolkenband über dem großen Berg auf die noch ahnungslose Stadt zu. Die Anstalt für Meteorologie hatte zwar starke Winde angekündigt, aber von einem Sturm hatten die Experten nichts gesagt. Der Opa blickte in die Wolken und zog die nun etwas kühlere Luft in die Nase. „Da braut sich etwas zusammen", rief er zum Fabs, der gerade seinen Drachen einzurollen begann. „Das kannst du jetzt lassen."

„Okay Opa, ich fahr noch zu meinem Freund Ben."

„Pass auf, dass der Wind dich nicht verweht, Fabs." Schön langsam brach der Föhn zusammen und es wurde spürbar kälter. So ruhig begannen sich zumeist die Herbststürme anzumelden. Der Opa ging ums Haus, um Gegenstände, die leicht davonfliegen konnten, in Sicherheit zu bringen. „Hast du den Pedrillo ins Haus gebracht?", rief er noch. „Sicher Opa, das brauchst du mir nimmer zu sagen. Ich passe schon auf den Pedrillo auf."

„Ich habe ja nur gemeint, entschuldige meine Fragerei." Dann kam die erste Sturmböe und die alten Fichtenbäume stemmten sich mit aller Kraft gegen den Wind. Ein eigenartiges Geheul war plötzlich in der Luft. Der Herbststurm setzte in seiner furchtbaren Gewaltigkeit ein. Aber war dieses unwahrscheinliche Geheul wirklich vom Sturm? Der Opa schaute gegen den Himmel und mittlerweile waren die Wolken goldgelb gefärbt. „Oh je, jetzt kommt der Hagel." Sekunden später landeten die ersten Hagelgeschosse auf dem Gewächshaus und es klirrten die Fensterscheiben. „No jo, Gott sei Dank sind wir hagelversichert. Ich geh jetzt nicht mehr hinaus, hoffentlich ist der Fabs schon zu Hause." Als sich der Opa dies so dachte, vernahm er wieder dieses furchtbare Heulen in der Luft und dann klingelte sein Handyton. Was er nun zu hören bekam, verschlug ihm vorerst den Atem. „Opa, Opa, Hilfe, Hilfe, hier sprechen Njegoslava, Frau von Kristi, Opa du kommen sofort, **Kakadus fressen Chihuahua** mit Haut und Haaren."

„Hab ich's doch gedacht, dieses Mistvieh tut meinem Liebling noch etwas an. Aber warte, dich mach ich fertig." Opa bahnte sich den Weg durch die Hagelgeschosse, wobei ihn natürlich ein Geschoss traf. Aber er merkte es nicht einmal. Er rannte um das Leben seiner Leihhündin. Wen hätte er sonst noch zum Spazieren gehabt? Er riss mit letzter Kraft die Wohnungstür auf und dann sah er mit Entsetzen, dass der Pedrillo die Chihuahua-Hündin direkt an den Käfig gezogen hatte und immer wieder auf ihren Rücken einhackte. Die kleine Hündin schrie herzergreifend.

Njegoslava stand, die Hände immer wieder vor dem Kopf zusammen schlagend, vor dem Käfig und versuchte den Vogel abzulenken.

Der Opa aber fackelte nicht lange, er nahm einen Besen und dann schlug er mit aller Kraft auf den Vogelkäfig. Die Wut in seinen Augen musste der Pedrillo gesehen haben, denn augenblicklich ließ er das Schwänzchen los und flüchtete in den letzten Winkel der Voliere. Aber der Opa hatte noch nicht genug. Er öffnete die Vogeltür und dann versetze er dem Pedrillo mit dem Besen zwei gewaltige Kopfnüsse auf seinen mittlerweile wieder ausgefahrenen Kamm und der Vogel fiel einfach um und blieb mit den Beinchen in der Höhe am Rücken liegen. Er stellte sich tot. „Du nicht machen Pedrillo kaputt. Bitte nicht Opa, ist so ein scheener Vogel. Chihuahua schon wieder mit Schwanz wedeln."

Dann war der Opa bei seinem Hundemädchen und nahm sie vorsichtig hoch. Am Rücken war zwar ein gewaltiges Loch, aber sonst war sie wieder quietschvergnügt, als sie in den Armen ihres Retters lag.

Mittlerweile kam auch der Fabs, der durch den Sturm geradelt war, und alle begannen die kleine Hündin zu versorgen. Um den Pedrillo kümmerte sich niemand. Einmal blickte der Opa in den Käfig, ob der Pedrillo wenigstens noch mit den Beinchen zuckte, aber der Kakadu saß bereits wieder auf seiner Stange und bot seinen prächtigen Kamm der Versammlung von Menschen und dem geschändeten Hund dar. Er hatte seinen Spaß gehabt und putzte sich. *Aber das wird dein Gastspiel bei deiner Leihfamilie sicher nicht verlängern*, schwor der Opa innerlich.

Als er an den Käfig trat, schrie der Pedrillo so laut, dass selbst dem Opa die Haare zu Berge standen.

Drei Tage später saßen in einer Boeing Jumbo 747 Frachtmaschine mit Zielpunkt die wunderschöne Insel Mallorca ein Opa, ein Fabs, ein Pedrillo und eine Chihuahua-Hündin. Der Fabs hatte seinen Hund auf dem Schoss und mit der anderen Hand kraulte er durch den Reisekäfig hindurch den Kopf von Pedrillo, der voller Stolz und genüsslich seinen wunderbaren

Haarschmuck ausgefahren hatte. Pedrillo bot ihn bereits dem nun eintretenden Kapitän der Maschine dar. „Sind diese Vögel handsam und würden sie so ein prachtvolles Tier eventuell abgeben?" Dies fragte völlig arglos der Kapitän. Der Fabs, der das Schauspieltalent von seiner Mama geerbt hatte, begann mit leiser weinerlicher Stimme zu antworten: „Ich kann ihn nicht behalten, da ich so viel zu lernen habe." Der Opa sah ihn kurz an und meinte: „No jo, wir geben ihn schweren Herzens ab. Ich schreibe Ihnen die Adresse von meinem Cousin Eric in Porto Andratx auf, zu dem wir den Pedrillo jetzt in Pflege geben. Ob Ihnen der aber den süßen Pedrillo anvertraut? Da müssen Sie ihm schon sehr sympathisch sein und sehr betteln. Allerdings wenn man mit einem so großen Jumbo so ruhig fliegen kann wie Sie, Herr Kapitän, dann wird Ihnen der Cousin den herrlichen Molukkenkakadu Pedrillo mit seinen tollen Flugeigenschaften sicher auch anvertrauen. Vier Düsen hat er allerdings nicht, so wie Ihr Vogel. Wir werden ein gutes Wort für Sie einlegen Herr Kapitän!"

„Da würden Sie meiner Familie und mir eine große Freude bereiten. Einfach ein herrlicher und braver Vogel, als wenn er wüsste, dass er in einem großen Vogel sitzt. Ich kann mich gar nicht genug an ihm sattsehen." Dann meldete sich wieder der Fabs: „Und übrigens, am liebsten sitzt der Pedrillo auf der Schulter. Ich kann mir gut vorstellen, dass er gerne auf der Schulter eines Kapitäns sitzen würde, der gerade einen Jumbo steuert."

„No jo", meinte der Opa, „ob ihm das nicht doch zu hoch wird, so weit über den Wolken?"

„Das glaube ich nicht", meinte der Fabs, „denn über den Wolken, da muss die Freiheit wohl grenzenlos sein." Da klappte dem Opa der Mund endgültig wieder zu. No jo!!

Der fliegende Engel

Die Festspiele sind der Inbegriff des Lebens für die Bewohner dieser alten Stadt und bestimmen im Sommer weitgehend ihre täglichen Mühsale. Der Verkehr erdrückt die wundervolle alte Stadt, weil jeder, der über einen vierrädrigen Untersatz verfügt, bis in die im Zentrum befindlichen Caféhäuser, Märkte und Geschäfte fahren muss! Er muss dorthin fahren, weil er ja keine Gehwerkzeuge mehr besitzt. Schön langsam und bedächtig steigen die etwas Gescheiteren auf den Drahtesel um. Aber schon gibt es wieder die neuen elektrisch betriebenen Fahrräder, mit denen man ja ganz schön schnell über die nun ebenfalls verstopften Radwege brausen kann. Aber dies ist ja ausschließlich eine Sache der Bürger dieser Stadt und geht niemanden etwas an. Außer die Stadtverwaltung, die an allen Ecken und Enden Verkehrsschilder aufstellt, Parkzonen sogenannte „azurfarbene, blaue Zonen" bis in die Vorstädte hinaus ausweist und blaue Linien auf die Straßen malt, um damit immer mehr, bereits Dutzende Male versteuertes und sauer verdientes Geld der Bürger in ihre immer leeren Kassen zu spülen. Straßenverengungen und Behinderungen werden erfunden und die leeren O-Busse (Oberleitungsgebundenepersonenbeförderu ngsvehikel), für die endlose grauenhafte Oberleitungen errichtet wurden und die sich im „öffentlichen" Besitz der Salzburg AG befinden, kurven mit letzter Kraft durch die alten Stadttore und Gassen. Auf diesen Straßen, die eigentlich die Steuerzahler und Autofahrer erhalten, werden die „Obusse" meistens in eigenen, um viel Geld gebauten Spuren leer herumgeschickt, weil einfach „unattraktiv", wie manche Designer und Obusverweigerer meinen. Daher hat man diese Vehikel vollkommen bemalt und verschandelt. Werbung bringt wieder Geld in die leeren Kassen.

Die Berge der Innenstadt werden ausgehöhlt und es wird „dringender" Parkraum für tausende Automobile geschaffen, damit die Automobilisten ja nicht allzu viele beschwerliche Gehmeter auf den sehr flachen Gehwegen zurücklegen müssen. Findige Tüftler haben auch schon Rollwege im und in das Zentrum der „Millionenstadt" angedacht. Warum die Autofahrer überhaupt noch in die alte Stadt fahren wollen, ist nicht plausibel, denn es gibt in jedem Kaff auf der ganzen Welt überall die gleichen Geschäfte. Die schönen alten Einkaufsgeschäfte wurden gnadenlos dem Mammon geopfert. Bis auf einige Ausnahmen, für die es sich wenigstens noch lohnt in der Stadt einzukaufen. Dass die letzten grünen Flächen der Stadt natürlich ebenfalls zubetoniert werden, ist von der „Obrigkeit" und von allen Parteien, auch den sogenannten „Grünen" gewollt und freut die Bauwirtschaft besonders. Dass aber mit Fortschreiten des Betons die letzten paar Wiesen und die Weltkulturlandschaft zerstört werden, interessiert niemanden und schon gar nicht die jungen Menschen in dieser gepeinigten alten Stadt. Von Architekten und Architektur, die ihren Namen verdient, ist nichts zu sehen und zu hören. Das Bauklötzchenspielen aus der Kindergartenzeit betreiben sie nun bis zur Perversion und verschandeln die herrliche Stadt und die umgebende Landschaft. Sie haben und wollen auch nicht dazulernen. Es zählt nur Kohlemachen. Oder es wird mit Begeisterung auf die neue Architektur von Heizkraftwerken, modernen Museen, riesigen Universitäten, bei der nur eine Miniküche installiert und mehr Raum für leere Gänge als für das Lehren vorhanden ist, verwiesen. Riesige Einkaufszentren werden auf die noch letzten grünen Wiesen hingeknallt. Millionen Quadratmeter von Grünland werden einfach für Parkplätze vernichtet. Wenn sich Bürger dagegen zu wehren versuchen, werden sie von allen Wichtigtuern und dienenden Bütteln radikal niedergemacht. Kreisverkehre sind der Lebensinhalt geworden, für die man auf die Straßen geht. Es regiert weitgehendst die Dummheit!

Aber noch immer sind diese Stadt und ihre Landschaft, es ist direkt gespenstisch, trotz der vielen Wunden, die in sie hineingehackt werden, ein einzigartiges Juwel auf der Welt. Nun machen sich also Millionen von Menschen auf die oft lange beschwerliche Reise, um auch ein paar Brosamen von Kunst abzubekommen.

„Brosamen ist nicht der richtige Ausdruck", meinte Gerd Weber zu seinem Sohn Wolfi. Sie waren gerade auf einem Spaziergang über den Mönchsberg. „Die Menschen, die sich dieses Spektakel leisten können", erklärte der Vater dem Sohn, „die gehören schon zu einer gewissen Oberschicht."

„Was ist denn eine Oberschicht?", fragt der zehnjährige Wolfi sehr interessiert seinen über alles geliebten Papi. Der sonst so gescheite Papi hatte die Frage überhört oder es fiel ihm nicht sofort die richtige Beschreibung ein, auf jeden Fall sagte er: „Schau hier von dieser Stelle aus, wir sind gerade in der Mittelstation der Festungsbahn, kannst du über den ganzen Domplatz schauen und da siehst du auch, dass schon die Jedermannbühne aufgestellt worden ist."

„Was ist denn eine Oberschicht Papi?", fragte der Wolfi nun wieder? Der Papi sah seinen Sohn an und meinte dann aus voller Überzeugung: „Na ja, es ist ganz einfach, schau Wolfi, es gibt mehrere Schichten. Stell dir eine Torte vor, dann ist es am einfachsten und verständlichsten. Der Boden, der sehr oft verbrannt, armselig, verrußt, ekelhaft und dadurch meist ungenießbar wird, das ist die Unterschicht. Wer viel von der Unterschicht zu sich nimmt oder sich mit ihr abgibt, verbreitet einen schlechten Geruch aus dem Magen oder er muss speiben."

„Oh je", meinte da der kleine Wolfi. „Ich esse nie wieder die Unterschicht der pickigen Kakaotorte von der Oma."

„Nun Wolfi, die Mittelschicht hat sich zwischen der Unter-schicht und der Oberschicht angesiedelt. Hier ist meist die Mar-melade oder noch besser eine fette Puddingcreme. Meist sind diese Schichten sehr süß und sorgen für eine ordentliche Leibesfülle.

Auch sagt man, die Mittelschicht würde die Ober- und Unterschicht zusammenhalten, daher ist die Mittelschicht sehr von sich eingenommen. Da die Mittelschicht ja sehr nahrhaft ist, nimmt die Oberschicht gerne die besten Teile davon. Aber da die Mittelschicht sehr gerne mit der Oberschicht in Berührung oder zu ihr hinaufkommen würde und die Oberschicht gerne auch die Mittelschicht plündert, fällt sie meistens wieder in sich zusammen und ist eigentlich wieder näher bei der Unterschicht."

„Ja Papi, ich liebe die wunderbaren Schokohüllen der Sachertorte und die Oberschicht der Punschtorte von der Oma ganz besonders."

„Na siehst du, du hast alles sehr gut verstanden.

Schau, wir können schon die Jedermannbühne am Domplatz erkennen, hier wird anscheinend geprobt."

Vom Inneren des kleinen hölzernen Häuschens der Mittelstation der Festungsbahn konnte man ganz genau alles überblicken. Bei einem riesigen Tisch saß eine große Anzahl von Damen und Herren. Plötzlich konnten die beiden Beobachter eine schwarze Gestalt erkennen, die hinter einem bei dieser Tafel sitzenden Mann erschien. Dann geschah etwas Eigenartiges. Von einem der beiden Türme des Domes rief eine Stimme laut und gut vernehmbar: „Jeeedermann", dann plötzlich eine zweite Stimme vom Turm der Franziskanerkirche wieder: „Jeeedermann". Das wiederholte sich einige Male. Von den Dombögen klang es ebenfalls schauerlich „Jeeedermann".

Dann passierte allerdings etwas, was Vater und Sohn nicht ahnen konnten. Bei einem der großen offenen Fenster des Holzhäuschens in der Station stand mit dem Rücken zu ihnen ein kleiner rundlicher und beleibter Mann mit einer kleinen Glatze. Er war schon länger hier. Als Vater und Sohn das Häuschen verlassen wollten, hob der kleine Mann plötzlich seine Hände und wuchs, den Oberkörper weit dehnend, über sich hinaus. Dann erschraken die beiden plötzlich fürchterlich. Der kleine Mann rief mit einer ohrenbetäubenden, gewaltig ausgedehnten

Stimme das Wort „Jeeedermann" auf die Stadt hinunter. Nach einigen Sekunden, nachdem er wieder tief Atem geholt hatte, nochmals das Wort „Jeeedermann". Es war derartig schauerlich, dass sich der kleine Wolfi an seinen Vater drückte. Der kleine rundliche Mann führte die ganze Aktion dann noch einmal durch und dann drehte er sich zu den beiden um und meinte lachend: „Na, war es laut genug, meine Herren, glauben Sie, dass die mich da unten in der Stadt gut gehört haben?" „Sicher", meinte der Wolfi, „unten von der Bühne aus hat Ihnen jemand mit einem großen Tuch gewunken."

„Dann war es gut hörbar", meinte der kleine beleibte Mann zufrieden. „Heute ist ja nur eine Probe, denn es kommt ganz entscheidend auf den Wind und die Wetterverhältnisse an, ob meine Stimme bis zur Tischgesellschaft und den Zuschauern getragen wird. Die Entfernung ist doch sehr groß."

Und dann erkannten sich die drei Männer urplötzlich. „Ja Onkel Eugen, das war ja fantastisch, wie du dein ‚Jeeedermann' auf die alte Stadt hinunter hast brausen lassen." Der kleine rundliche Herr kam auf die beiden zu und dann gab es natürlich einen Begrüßungskuss für den kleinen Wolfi, der den Onkel Eugen auch sofort erkannte und auf diesen Onkel natürlich sehr stolz war. „Pah, der Wolfi ist aber schon wieder gewachsen, seit ich ihn das letzte Mal gesehen habe", sagte der Onkel Eugen mit seiner wunderbaren schönen Tenorstimme. „Es ist ja schon wieder einige Monate her. Weißt du es noch Wolfi? Was damals passiert ist?"

„Das werde ich nie vergessen lieber Onkel Eugen. Ich habe dir die Sache aber schon lange verziehen."

„Wolfi erzähl doch noch einmal, wie du das erlebt hast, da ist ja wirklich lustig gewesen."

„Es war doch der Krampustag, der 5. Dezember. Wir waren gerade in der Küche zum Abendessen. Den ganzen Tag war ich schon sehr aufgeregt. Wir hatten Besuch. Einige Onkel und Tanten saßen mit uns am Tisch. Irgendwie war eine gewisse

Spannung in der Luft, hauptsächlich in mir. Ich wurde von euch immer wieder gefragt: ‚Warst du auch brav Wolfi, heute ist doch der Krampustag?' Nach einiger Zeit kamst plötzlich auch du, lieber Onkel Eugen, zu uns und hast dich neben mich gesetzt. Du warst am Nachmittag im Landestheater bei einer Vorstellung, denn du hast dort im Chor mitgesungen. Du warst ja in deiner Jugend ein sehr bekannter Opernsänger." „Das ist ja leider schon sehr lange her", meinte der Onkel Eugen.

„Als wir mit dem Essen fertig waren, ist mir gar nicht aufgefallen, dass du nicht mehr neben mir gesessen bist. Dann hörte ich plötzlich Kettengerassel und es wurde laut an die Türe geklopft. Da ich ja immer behauptet habe, dass ich vor keinem Krampus Angst habe, haben sich alle sehr gewundert, dass ich plötzlich unter dem Küchentisch verschwunden bin."

„Ein wunderbarer Nikolaus stand draußen und hat dann aus einem Buch meine Sünden vorgelesen. Dann war er wieder weg. Keine Geschenke, nicht einmal ein paar Nüsse, nichts habe ich bekommen. Ich war schon traurig. Alle haben sich gewundert, dass ich nichts bekommen habe."

„Na, du warst halt wirklich nicht immer brav."

„‚Nein, nein', schrie ich wutentbrannt, ‚dieser blöde Nikolaus und der Krampus, sollte er wirklich ums Haus schleichen, so soll er sich ja nicht herein trauen, denn wenn er kommt, dann hole ich einen Stecken und schlag ihn nieder.' ‚Na, beruhig dich, der wird schon noch kommen. Dann werden wir ja sehen, ob du wieder unter dem Küchentisch verschwindest.' Alle haben mich ausgelacht.

Als ich wieder zu meinem Stuhl gehen wollte, warf ich einen Blick auf das Fenster. Es war ganz leicht geöffnet. Ich habe nichts geahnt und dann wurde mir plötzlich und unheimlich bewusst, was ich sah. Eine schwarze Hand griff durch das Fenster herein, wurde immer länger und versuchte mich zu fassen. Meinen Schrei, glaube ich, hat die ganze Nachbarschaft gehört. Dann bin ich blitzartig bei der Oma unter ihrer

Küchenschürze verschwunden. Sie war die Einzige, die mit mir Mitleid hatte und mich beruhigte. ‚Komm schau Wolfi, die Hand ist ja schon wieder weg.'

‚Das war ja ganz furchtbar.' ‚Ja wer war denn das, war das der Krampus? Vielleicht solltest du doch aus dem Fenster hinausschauen. Das war sicher der Krampus und vielleicht hat er dir doch etwas auf die Hausbank gelegt.'

‚Nein, da werde ich nicht hinausschauen, der ist noch immer in der Nähe' und dann tratest du, lieber Onkel Eugen, plötzlich wieder in das Zimmer. Mir ist ja zuerst nicht aufgefallen, dass du einen schwarzen Handschuh angezogen hattest. ‚Hast du den Krampus gesehen', habe ich ihn gefragt. ‚Ja welchen Krampus denn? Ich habe nur eine dunkle sehr behaarte Figur vom Haus wegrennen gesehen. Es könnte aber auch der große Hirtenhund vom Helpfinger gewesen sein. Aber wenn du willst, gehe ich mit dir und wir schauen auf die Gartenbank, vielleicht ist wirklich etwas draußen.' Dir, Onkel Eugen, habe ich natürlich vertraut und dann hast du mich bei der Hand genommen." Ich fasste meinen ganzen Mut zusammen, und als wir um die Ecke gebogen sind, konnte ich schon sehen, dass die Gartenbank mit Geschenken vollgeräumt war. Mit einem Freudenschrei habe ich alles an mich gerissen und bin mit meinen Geschenken in meinem Zimmer verschwunden und wurde den ganzen Abend nicht mehr gesehen. Vor lauter Aufregung bin ich allerdings nach einer halben Stunde eingeschlafen und meine Oma hat mich erst am Morgen wieder aufgeweckt. Ich musste ja in die Schule gehen.

Der Onkel Eugen wusste ja immer so viel zu erzählen und so beschlossen wir im etwas tiefer gelegenen Stieglkeller eine kleine Jause zu uns zu nehmen.

„Hast du eigentlich schon einmal die Jedermannaufführung vor dem Domplatz gesehen?", fragte der Onkel Eugen. „Nein leider nicht, das würde mich schon sehr interessieren", war die Antwort vom Wolfi.

„Aber er ist, glaube ich halt, doch noch ein bisschen zu klein, um das ganze Stück zu verfolgen."

„Nein", protestierte der Wolfi, „das ist nicht wahr."

Dann begann der Onkel Eugen einen Vorschlag zu machen, dem der Wolfi mit großen Augen und Ohren und mit Begeisterung bereits innerlich zustimmte.

„Nächsten Sonntag ist ja wieder eine Vorstellung des Jedermann. Ich bin als Komparse bei dieser Aufführung dabei."

„Das ist ja toll. Was musst du denn da machen?"

„Nun auf den Dombögen werden auf jeder Seite je zwei Männer auf einem Podest stehen. Sie sind als große steinerne Engel verkleidet und stehen auf einem so hohen Podest, dass sie gut von den Sitzen der Zuschauer aus gesehen werden können. Die Vorstellung beginnt um Punkt 17 Uhr und da müssen die vier steinernen Engel schon postiert sein. Die Zuschauer sollen ja glauben, dass dies wirklich steinerne Engel sind, die da oben stehen.

Um 15 Uhr werden wir vier Komparsen komplett als steinerne Engel verkleidet und geschminkt und anschließend in die Abtei St. Peter gefahren. Von hier aus kann man auf die Dächer der Dombögen gelangen. Um 16:30 Uhr steige ich mit meinem Kollegenengel auf das Dach hinaus.

Es ist nicht ganz ungefährlich, aber ich kann mich auch zusätzlich noch mit einem Seil absichern. Dann steigen wir auf zwei ca. zwei Meter hohe Podeste und wir haben auch noch eine Posaunenattrappe mit dabei. Hinter uns haben sich dann einige echte Posaunisten so gut versteckt, dass sie vom Publikum nicht gesehen werden können. Wenn um Punkt 17 Uhr die Vorstellung beginnt, heben wir unsere Posaunenattrappen an den Mund, halten die Posaunen in die Höhe und hinter uns beginnen die wirklichen Posaunisten mit der Eröffnungsfanfare. Die Zuschauer glauben natürlich, dass die steinernen Engel blasen."

„Das muss aber toll sein, das würde ich gerne als Zuschauer sehen."

„Nun es gäbe schon eine Möglichkeit, wie du das Spektakel aus einer ganz besonderen Perspektive anschauen könntest. Du wartest mir vor der Abtei, und wenn wir steinerne Engel aus dem Auto steigen, gehst du einfach ganz knapp hinter mir, sodass dich kein Mönch sehen kann, und du steigst mit mir auf das Dach hinaus. Du versteckst dich hinter der steinernen Brüstung. Da kannst du auch nicht hinunterfallen und von oben die ganze Jedermannvorstellung anschauen. Wenn unsere Fanfare zu Ende gespielt ist, steigen wir wieder vom Podest und ich muss schnellstens mit der Festungsbahn zu Mittelstation fahren, denn dort muss ich ja noch meinen ‚Jeeedermann Ruf‘ bewerkstelligen. Übrigens ein sehr bekannter Bühnen- und Filmschauspieler hat einmal zu mir gesagt: ‚Eugen, mit Ihrer herrlichen Stimme könnte ich die Zuschauer auf dem Domplatz mühelos erreichen‘, so muss ich mich jedes Mal gewaltig plagen und die letzten Reihen hören mich halt nicht mehr so gut. Ich bin nach jeder Vorstellung total heiser.“

„Papi, Papi, bitte erlaube es mir.“

„Ja, wir werden die Mama fragen. Ich werde bei ihr ein gutes Wort für dich einlegen.“

Nun, die Tage bis zur Jedermannaufführung waren für den Wolfi schon sehr aufregend. Alle seine Freunde bewunderten ihn und er musste ganz genau schildern, was da so passieren sollte. Die Tage bis zur Aufführung vergingen ihm viel zu langsam. Aber endlich kam der Sonntagmorgen.

Der Wettergott hatte vorerst sehr schönes Wetter bereitgestellt. Erst gegen Mittag wurde es leicht bewölkt über dem großen Berg. Aber es gab einen schönen Spruch, der gebetsmühlenartig in den Heimatsendungen des Radios verzapft wurde: „Hat der Untersberg an Huat, bleibt das Wetter weiter guat, hat der Untersberg an Sabel, wird des Wetter miserabel.“

Aber Sprüche sind halt nur Sprüche und der Wettergott hat alleine, und zwar nur er, immer das Sagen.

Pünktlich stand der Wolfi mit seinem Papa vor der Abtei und folgte dann den beiden Engeln, knapp hinter ihnen, auf das Dach des Dombogens. Bevor er aus dem Fenster zum Dach hinausstieg, sah er einen hageren Mann, der sich hinter eine Säule gestellt hatte. Ihm fiel auf, dass ein Seil über ein Fenster auf das Dach gelegt war. Das Seilende führte bis zu dem hageren Menschen. Als Wolfi aus dem Fenster hinausstieg, fiel ihm noch auf, dass das Seil in die Dachrinne gelegt war und bis zum zweiten Podest eines der Engel führte. Dann allerdings war er von der Aussicht über den ganzen Platz so fasziniert, dass er nicht weiter nachdachte.

Unter ihm war die komplette Jedermannbühne zu sehen. Die meisten Zuschauer saßen schon auf ihren Plätzen. Dem Onkel Eugen half einer der richtigen Posaunisten über eine kleine Leiter auf seinen Platz auf das Podest. Dann blinzelte ihm der Onkel zu und hob die beiden Flügel zum Gruße in die Höhe. Was er eigentlich nicht sollte. Der zweite Engel hatte ebenfalls seinen Standpunkt erreicht und nun warteten alle Engel und Musiker auf das Zeichen der Regie. Dem Wolfi schlug das Herz sehr heftig.

Eine dunkle schwarze Wolkenwand schob sich vom Berg her über die Stadt. Fünf Minuten vor 17 Uhr war es bereits vollkommen still am Domplatz. Nur ein fernes Donnergrollen war leicht zu hören. Der Regieassistent hob sein Taschentuch hinter der Bühne hoch und sah zu den vier Engeln auf den Dombögen. Punkt 17 Uhr begann er mit dem Taschentuch zu wackeln und die Engel fuhren ihre Flügel und die Posaunen hoch und im selben Moment begannen die Musiker mit ihrer wunderbaren Fanfare die Vorstellung zu eröffnen.

Nach fünf Minuten erschien der Erzähler auf der Bühne, und als er geendet hatte, wurde die Fanfare noch einmal wiederholt. Das Donnergrollen eines bevorstehenden Gewitters war schon recht deutlich zu hören.

Zwanzig Sekunden vor dem Ende der Fanfare jedoch ereignete sich ein Vorfall, den sich niemand der Beteiligten in seinen kühnsten und schrecklichsten Gedanken jemals hätte vorstellen können.

Das Podest mit dem steinernen Engel, der neben dem Onkel Eugen stand, begann plötzlich zu wanken. Der Engel verlor sein Gleichgewicht, breitete seine riesigen Schwingen aus und stürzte mit einem entsetzlichen Schrei in die Tiefe. Durch die weit ausgebreiteten Schwingen flog er bis auf den Mittelpunkt der Jedermannbühne.

Dort blieb er regungslos und zerschmettert liegen. Das Entsetzen und das Chaos waren unbeschreiblich. Die Menschen sprangen von ihren Sitzen auf, schrien und rannten in wilder Panik zu den Abgängen. Die Schauspieler, die bereits hinter der Bühne auf ihre Einsätze gewartet hatten, brachen in Schreikrämpfe aus und der Regisseur, der die Situation als Erster erfasste, sprang auf die Bühne zu dem zerschmetterten Engel hin.

Als die Zuschauertribüne bereits vollkommen leer war, saß nur noch ein einzelner Mann auf seinem Stuhl. Er war genauso entsetzt wie die Zuschauer, aber er hatte schon schrecklichere Dinge in seinem Beruf erlebt und sein Gehirn begann zu rotieren. Seit einigen Tagen war er in der Stadt auf Urlaub. Er hatte die Karte für den Jedermann von seinen Kollegen in Wien aus der Abteilung für ungeklärte Mordfälle zu seinem Geburtstag erhalten. Es war Kommissar Hugo Perc.

Kommissar Hugo Perc hatte bereits, als der Engel von seinem Podest stürzte, instinktiv zu den Dombögen hinaufgeblickt. Nun, nachdem das Unglück geschehen war, sah er nochmals nach oben und erkannte, dass der eine Engel einen Buben an der Hand nahm und mit ihm durch ein Fenster in das Gebäude stieg. Auch die Posaunisten stiegen durch das Fenster in die Abtei zurück. Als der Kommissar seinen Blick bereits abwenden wollte, erspähte er eine Gestalt, die auf das Dach kletterte, ein Seil aus der Dachrinne aufrollte und wieder in das Gebäude kletterte.

Während der Kommissar schon von der Tribüne herunter-
sprang und in den Innenhof der Abtei sprintete, hatte er bereits
sein Telefon am Ohr und den Notruf der Kripo in der Stadt
gewählt. Sein alter Schulfreund, der Chef der Kripo in der
Stadt Dr. Walter S., war am Telefon und nach einer kurzen
und prägnanten Schilderung der Tragödie war Dr. Walter S.
momentan sprachlos. „Hugo, du bist schon am Ort des grausigen
Geschehens, bitte übernimm sofort die Ermittlungen. Momentan
ist ja Urlaubszeit und ich habe nur einen einzigen Beamten.
Wir beide werden uns sofort auf den Weg machen. Die Stadt-
polizei wird sofort alles absperren und die Beamten werden
dich weitgehendst unterstützen."

„Hoffentlich kommen sie bald, es herrscht ja Chaos und,
Walter, ich bin bereits in der Abtei und sprinte die Treppen
zu den Dombögen hinauf. Leider habe ich meine Waffe nicht
bei mir. Ich habe etwas gesehen, was mir sehr zu denken gibt.
Ich habe einen Verdächtigen gesehen."

„Pass auf dich auf, Hugo", meinte der Dr. S.

Mittlerweile erhellte ein gewaltiger Blitz den Innenhof
der Abtei und ein furchtbares Donnergrollen war zu hören.

Als Hugo Perc den Gang zum Dach der Dombögen erreichte, kam ihm der eine Engel, schwer schnaufend mit dem
Buben an der Hand, entgegen.

„Ist noch jemand außer ihnen auf dem Dach?", fragte Perc,
ebenfalls schwer atmend, den Engel. „Ich bin Kommissar Perc!"

„Nein, die Posaunisten sind schon alle weggelaufen. Ich
glaube nicht, dass noch jemand auf dem Dach ist." Dann sah
der Kommissar den Buben: „Hast du jemanden gesehen?"

„Ja natürlich habe ich jemanden gesehen. Ein Mann stand
ja bereits, als ich auf das Dach gestiegen bin, hinter einem
Wandvorsprung. Mir ist aufgefallen, dass er ein dickes Seil in
der Hand hielt. Auf dem Dach habe ich dann gemerkt, dass
dieses Seil in der Dachrinne lag und bis zu dem Podest vom
zweiten Engel gelegt war.

Dann habe ich allerdings nicht mehr aufgepasst. Denn es war ja alles so spannend für mich."

„Du bist ja ein toller Beobachter", meinte Hugo Perc anerkennend. „Weißt du auch, wie der Mann ungefähr ausgesehen hat?"

„Ja ungefähr schon. Er war sehr dünn und hager und hatte ein ganz weißes Gesicht und ein schwarzes Gewand an." „Also du bist wirklich der Traum eines jeden Kriminalbeamten", meinte der Kommissar anerkennend. „Nun müssen wir den Kerl nur noch finden."

„Wenn ich Ihnen helfen kann, bin ich gerne dabei", meinte der Wolfi stolz.

„Nein, nein, das ist nicht notwendig und wie heißt übrigens der Engel, der dich an der Hand hält?"

„Das ist mein Onkel Eugen, der hat mich hier herauf mitgenommen." Der Onkel Eugen sagte dann noch: „Herr Kommissar, der Wolfi hat auch den Sturz meines Kollegen in die Tiefe leider ganz genau mitbekommen. Ich glaube, ich sollte ihn erst einmal zu seinem Vater bringen, der unten im Hof auf uns warten wird. Selbstverständlich werde ich mich bei Ihnen sehr bald melden. Dann können wir ja alles protokollieren. Der Wolfi vergisst wirklich nichts, darauf können Sie sich verlassen. Kommissar Perc sagte „Ich schaue mir noch diese Podeste, auf denen Sie und Ihr Kollege standen, an. Ich melde mich bei Ihnen. Vielen Dank noch Wolfi für deine genauen Beobachtungen." Dann gingen die beiden.

Kommissar Perc hatte das noch offen stehende Fenster bereits erreicht und stieg auf das Dach. Ein gewaltiger Regenguss wurde mittlerweile auf die Straßen und Plätze der Stadt geschleudert. Kommissar Perc sah sich das umgefallene Podest genau an und zeichnet sich alles auf. Von einem Seil war nichts mehr zu sehen. Er musste sehr vorsichtig sein, denn das Blechdach war mittlerweile sehr rutschig.

Trotzdem stieg er auf das erste Podest und hatte einen herrlichen Blick auf die Situation, die sich auf dem Domplatz abspielte. Das zweite Podest lag umgestürzt an der steinernen Brüstung. *Na ja, da sollte man schon schwindelfrei sein,* schoss es ihm durch den Kopf. Als er gerade die Aktivitäten der Polizei auf dem Domplatz beobachtete, war ihm auf einmal, als würde ihm jemand den Boden unter den Füßen wegziehen. Das Podest begann zu wanken. Perc blickte zu Boden und dann war ihm die wunderbare Aussicht nicht mehr wichtig. Eine schwarze hagere Gestalt in dunklem Gewand versuchte das Podest mit dem Kommissar umzuwerfen. Perc gelang es mit einem weiten Satz vom Podest zu springen und er konnte sich gerade noch an einem Falz des Blechdaches festklammern. Plötzlich stand die schwarze Gestalt vor ihm und trat mit den Füßen auf seine Hand. Perc musste loslassen und rutschte auf dem nassen Blechdach dem Abgrund entgegen. Gott sei Dank war noch diese Marmorbalustrade dazwischen, sonst wäre er ebenfalls in die Tiefe gesegelt, allerdings schneller als der arme Engel. Als er sich bereits wieder hochrappelte, erhielt er einen Schlag mitten ins Gesicht und stürzte noch einmal direkt auf die Oberkante der Balustrade. Der schwarze hagere Mensch hatte aber nicht mit der Geistesgegenwart des Kommissars gerechnet. Als er nochmals zuschlagen wollte, versetzte ihm Kommissar Perc zuerst einen Schlag zwischen die Beine und dann fuhr die berüchtigte rechte Hand des Kommissars aus und beförderte den Unhold in das Land der Träume. Der Kommissar schleppte den leblosen Körper des Unholdes über das Fenster in den langen Gang hinein. Dann ging alles sehr schnell. Die Männer des MEK kamen mittlerweile bereits die Treppe heraufgestürmt und nahmen den bewusstlosen Täter in Gewahrsam.

Die nächsten Tage war der Kommissar mit den weiteren Ermittlungen beschäftigt und der Täter legte ein umfassendes Geständnis ab. Da er allerdings ein unzurechnungsfähiger, arbeitsloser Schauspieler war und nach genauester Untersuchung als alleiniger Täter in Frage kam, war die Aufgabe des Kommissars schnell erledigt.

An einem der nächsten Tage läutete im Haus der Eltern von Wolfi das Telefon. „Hier spricht die Kriminalpolizei, ist der Herr Wolfi anwesend?", fragte eine sehr strenge Stimme. „Was wollen Sie von unserem Sohn Wolfi", fragte entrüstet die Mama.

„Hier spricht Kommissar Hugo Perc. Wir möchten Ihrem Sohn Wolfi eine Ehrenurkunde überreichen. Die Ehrung findet morgen, Punkt 10 Uhr im Polizeipräsidium beim Justizgebäude statt. Zu diesem Zweck ersuchen wir Sie, Ihren Sohn Wolfi zu begleiten. Um 9:30 wird Sie ein Funkstreifenwagen abholen und Sie und Ihren Sohn Wolfi zur Verleihung bringen. Passt Ihnen das?", fragte der Herr Kommissar sehr streng. Die Mama musste laut lachen und meinte: „Natürlich wird es uns und vor allem dem Wolfi passen, Herr Kommissar Perc!"

Die Ehrenurkunde hängt noch nach vielen Jahren im Arbeitszimmer des mittlerweile schon großen Wolf M. und er schaut sie immer wieder gerne und voller Stolz an.

Auf dieser Ehrenurkunde stehen folgende Worte:

„Den genauen und präzisen Angaben von Herrn Wolfi M. ist es zu verdanken, dass ein furchtbares Verbrechen aufgeklärt werden konnte.
    Der Polizeipräsident verleiht daher Herrn Wolfi M. die Urkunde als Ehrendetektiv und die goldene Nadel für Verdienste um erstklassige Polizeiarbeit.

Ein sehr zufriedener Polizeipräsident!"

Die Jacht der Verdammten

Für Philipp Morrison, Sohn eines ehemaligen amerikanischen Besatzungssoldaten, fünfzig Jahre alt, schwer vermittelbar, begann der Tag ohne Freude. So wie jeden Morgen aß er lustlos seine alte Semmel, ein Stück Streichkäse und er trank einen Becher heiße Schokolade. Jeden Tag dasselbe. Das musste bis Mittag reichen. Die Tageszeitung holte er meist vom Nachbarbriefkasten, und nachdem er sie gelesen hatte, steckte er sie wieder total zerknüllt in den Briefschlitz. Jedes Mal ärgerte sich der Nachbar, dass die Zeitung immer so spät und zerknüllt geliefert wurde, und beschwerte sich bei der Tageszeitung. Philipp Morrison beobachtete ihn täglich mit heimlichem Grinsen durch seinen Türspion. Das machte ihm den größten Spaß, wenn sich andere Menschen ärgern mussten.

Er war wieder einmal arbeitslos und dachte auch nicht daran sich einen neuen Job zu suchen. Bei den Vorsprachen am Arbeitsamt hatte er ja immer Schmerzen in allen Gelenken und Aussetzer beim Sprechen. Daraufhin erhielt er anstandslos seine Mindestsicherung wieder für ein halbes Jahr. Die Mietunterstützung, die er auch noch kassierte, war sein Taschengeld. Die Beamtin machte sich nicht mehr viel Mühe ihn zu vermitteln, denn wenn sie ihm einen Job anbot, konnte er renitent werden und schrie dann herum, sodass auch schon Sicherheitsbeamte auftauchen mussten. Da beruhigte er sich dann augenblicklich.

Die Mindestsicherung war hoch genug, warum sollte er denn überhaupt etwas arbeiten? Alle zweieinhalb Jahre suchte er um einen Kuraufenthalt an, der immer gewährt wurde. Er konnte über jene Menschen nur lachen, die um ein paar lausige Kröten, etwas mehr als sein arbeitsloses Einkommen, sich den ganzen Tag abrackerten. Die News in der Tageszeitung bekräftigen seine Einstellung, dass es für ihn besser war auf Kosten der Allgemeinheit den Herrgott einen guten Mann sein zu lassen. Er fuhr schon seit Jahren damit gar nicht einmal so schlecht. Bei anstehenden Wahlen kreuzte er immer jene Partei an, die seinen Standpunkt am besten vertrat.

Mit sechzehn Jahren nahmen ihn gute Freunde bereits zu Einbrüchen und Diebstählen mit auf Tour. Die Gefängnisaufenthalte, die er bereits mehrmals ausfasste, nützte er hauptsächlich dazu sein Wissen und seine Fertigkeiten über Einbruchswerkzeuge sowie Planung und Ausspähung von lukrativen Villen und Geschäftslokalen zu vervollkommnen. Spezialisten unter den Insassen lernte er genug kennen, die bereitwilligst ihre Erfahrungen an ihn weiterreichten und ihm gute Tipps und Ratschläge erteilten.

Heute will ich es mir einmal gut gehen lassen, beschloss er endlich nach langem Überlegen. Seine kleine Einzimmerwohnung hatte er ja schon jahrelang gemietet. Die Mietüberweisungen waren ihm nicht so wichtig. Der Vermieter konnte ohnehin nichts machen, da dieses Loch nur schwer zu vermieten war. Seit einem halben Jahr hatte er keine Miete mehr überwiesen, da keine Reaktion des Hausherrn erfolgte, wahrscheinlich war er aus Verzweiflung schon gestorben oder er hatte aufgegeben mit ihm vor Gericht zu gehen, da ja ohnehin von ihm nichts zu holen war. Aber dafür war die Aussicht auf die gegenüberliegende Hausmauer sein ganzer Stolz. Hier konnte ihm niemand in die Fenster schauen und er sah auch keine Menschen. Er hasste die weiteren Bewohner des schäbigen alten Mietshauses. Seine paar Habseligkeiten hatten in einem alten Kasten Platz.

Er beschloss, heute werde er schwimmen gehen. Zwei Badehosen und ein altes schmutziges Handtuch waren schnell gefunden.

Philipp Morrison stieg durch das verwahrloste Stiegenhaus in den Keller. Überall lagen Mist und Unrat auf den Böden und die Mauern waren mit allerlei obszönem Geschmiere verziert.

Hier hatte er sein altes Motorrad in seinem eigenen Abteil untergestellt und die Tür und das Motorrad mit zwei starken Ketten gesichert. Es wurde viel gestohlen in dem alten Mietshaus. Hinter einer Stellage befand sich noch gut versteckt zusätzlich diverses Einbruchswerkzeug. Ein meterlanges Stemmeisen, gehärtet und mit gebogenem Ende, war sein liebstes Werkzeug. Damit konnte er bequem Balkontüren und Fenster aufspreizen und mit einem weiteren Spezialglasschneider die Fenster und Türgläser aufschneiden. Niemand sollte es jemals wagen in diesen Raum einzudringen, das Motorrad anzugreifen oder darauf zu sitzen. Die Kinder der Flüchtlingsfamilien hatte er alle schon aus dem Keller verjagt.

Morrison prüfte die Reifen und dann schob er das Motorrad aus dem Keller auf die Straße. Benzin war genug im Tank. Er tankte immer umsonst bei den verschiedensten Tankstellen, und da er seine Kennzeichentafeln immer wieder aufs Neue stahl und veränderte, wurde er auch niemals erwischt. Für den kleinen geplanten Ausflug an einen nahe gelegenen See reichte der Inhalt des Benzintanks allemal. Dann setzte er sich seinen Helm und die Motorradbrille auf und fuhr aus der Stadt. Die Morgenluft strömte um seinen Kopf und reinigte kaum die beachtlichen Teerablagerungen in seinen Lungen. Endlich spürte er, dass seine Stimmung besser wurde, und er begann die Fahrt zu genießen.

Die alte Maschine war auf Zack, wie er seinen ebenfalls sehr heruntergekommenen Freunden immer wieder voller Stolz berichtete und sie beneideten ihn auch sehr darum. Sie hatten ja alle nur auffrisierte Mopeds oder stahlen nach Bedarf für ihre Zwecke schöne Fahrzeuge. Es gab ja genug in dieser reichen Stadt.

Nach einer Stunde hatte er den kleinen Badeort erreicht und fuhr auf einen Parkplatz neben dem großen Schwimmbad. Er sperrte sein Motorrad mit den beiden Ketten ab, *es gibt ja so viel Gesindel* und er spazierte die Seepromenade entlang und setzte sich schließlich auf einem Steg in die Sonne. Verschiedene Segelschiffe, die zur nahen Segelschule gehörten, kurvten auf dem Wasser umher und übten diverse Manöver. *Das würde mir auch taugen*, schoss es ihm durch den Kopf. Abrupt stand er auf. Von irgendwelchen Beschwerden des Bewegungsapparates war nichts mehr zu spüren und zu sehen. Er betrat das alte Holzgebäude der Segelschule. Eine größere Anzahl von Schulschiffen war in dem direkt am Wasser liegenden Gebäude vertaut und dann fand er endlich den schmalen Eingang zu einem Büro.

Ein junger braun gebrannter Bursche mit blonden Haaren saß in seiner kurzen Hose auf einem alten Sessel und zog genussvoll an einer Zigarre. An den Wänden waren Pokale angeordnet und Bilder mit tollen Jachten in sturmgepeitschter See waren massenweise aufgehängt. Es roch herrlich nach Fischen, Seetang und altem Holz. Verbunden mit dem Rauch der Zigarre, war es ein wunderbarer Geruch für Philipp Morrison. Als er den jungen blonden Burschen betrachtete, fiel ihm auf, dass diesem der Mittelfinger der rechten Hand fehlte.

„Was kann ich für sie tun, mein Herr?", war die erste Frage, die ihm der Feschak entgegenwarf. „Na ja", meinte Philipp Morrison, „ich habe schon ein bisschen Segelerfahrung", was aber überhaupt nicht stimmte, „und würde gerne bei Ihnen einen Fortgeschrittenenkurs beginnen."

„Sie haben schon einen Grundkurs?"

„Ja natürlich."

„Wo haben sie den Ihren Kurs absolviert?"

„Ja, das war in Kroatien."

„Haben Sie den Schein zufällig mit?"

„Nein, aber Sie können es mir schon glauben." Der blonde Bursche betrachtete ihn von oben bis unten und meinte dann: „Können Sie die verschiedenen Knoten, die beim Segeln verwendet werden?"

„Natürlich, ich war ja auch Pfadfinder und da lernt man dies als Erstes."

„Na gut, das ist ja schon etwas."

„Nun, der erste Anfängerkurs beginnt morgen um Punkt 8 Uhr im Schulungsraum."

„Einen Anfängerkurs mache ich nicht mehr", war die Antwort von Phillip Morrison. „Na ja die Fortgeschrittenen haben heute bereits begonnen, wenn Sie sich beeilen, kann ich Sie noch schnell mit einem Boot zu den anderen Teilnehmern fahren. Der Kurs kostet allerdings vierhundert Netsch."

„Na, das ist nicht gerade wenig", meinte Morrison. „Aber es spielt mir keine Rolle." *Da kannst du lange warten, bis du von mir Geld kriegst, du Würstchen*, dachte Philipp Morrison. „Ich bringe morgen das Geld mit."

„Ok, dann starten wir gleich zum Boot." Dem Segellehrer konnte er aber nichts vormachen, er erkannte sofort, dass Philipp Morrison keine Ahnung vom Segeln hatte.

Er sagte immer nur, das haben wir aber anders gelernt. Nach dem zweiten Tag holte ihn der Segellehrer in sein Büro.

„Philipp, ich muss dir leider sagen, dass du mit deinen Vorkenntnissen keinen Fortgeschrittenenkurs absolvieren wirst. Du musst zuerst einen Anfängerkurs absolvieren. Es sind auch Beschwerden der anderen Segellehrer und Kursteilnehmer eingelangt, dass du unkameradschaftlich, aggressiv und nicht hilfsbereit bist."

Philipp Morrison sah den jungen Mann nur kurz an, dann stand er auf und sagte: „Und deine sogenannte Segelschifferlschule kann mir sowieso gestohlen bleiben. Ihr habt ja alle keine Ahnung. Hast du dir deinen Finger übrigens beim Nasenbohren amputiert, oder ist er dir von alleine abgefallen, du Würstchen!" Dann verließ er ohne Gruß das Büro.

„Bin ich froh, dass wir diesen Arsch weg haben", kam es aus dem hinteren Teil des Büros von einer Segellehrerin. „Der hatte ja überhaupt keine Ahnung und hat nur herumgestänkert."

In derselben Nacht wurde in das Büro der Segelschule eingebrochen und außer einigen kleineren Geldbeträgen fehlten auch verschiedene Zeugnisse und Stempel.

Philipp Morrison füllte am nächsten Morgen die Segelzeugnisse aus, stempelte sie und fälschte die Unterschriften. Er legte alles zusammen in seinen alten Kasten. Dann holte er sich die Zeitung vom Nachbarn und las mit Begeisterung eine Annonce.

Zwei gute Freunde suchen einen dritten Teilnehmer für einen einwöchigen Segeltörn vor Kroatien. Segelkenntnisse unbedingt notwendig. Alter so um die fünfzig, Humor, Kartenspielkenntnisse und Kameradschaft wichtig. Anbei Telefonnummer.

Philipp Morisson war begeistert. Das ist etwas für mich und er griff sofort zum Telefon.

Gerard Stein hob den Hörer ab und Philipp Morrison begann sofort sein Interesse zu bekunden. Nach längerem Hin und Her vereinbarten die beiden Männer für den nächsten Abend eine Zusammenkunft in einem gemütlichen Heurigenlokal. „Ich werde auch meinen anderen Freund mitbringen, sodass wir uns alle kennenlernen können."

Philipp Morrison war schon etwas aufgeregt und er las am nächsten Tag aus der von dem Einbruch mitgenommenen Segelkunde einige Abschnitte, um damit gut dazustehen. Das musste reichen. So genau würden sie schon nicht fragen. Mittags betrat er seine alte rostige Brausekabine und gönnte sich seit Wochen wieder einmal eine Kopfwäsche. Das Wasser rann zuerst braun aus der Armatur, aber das störte ihn nicht. „Rost ist für die Haare gut", hatte ihm schon seine Mutter erklärt.

Nachmittags kaufte er sich in einem Sportgeschäft zwei Shirts, wobei eines mit der Aufschrift „Marines are the best Sailors" und das zweite mit der Aufschrift „Iam the Crew Star" sein Interesse fanden.

Das Shirt mit der Aufschrift „Iam the Crew Star" zog er am Abend an.

Wie üblich war er natürlich der Letzte der bereits anwesenden Crewmitglieder. Beide lachten natürlich sofort, als sie sein Shirt erspähten und der Bann war gebrochen. Nach einigen Fragen über seine Segelkenntnisse brillierte er aus den Geschichten, die er im Segelbuch gelesen hatte. Er steuerte das Gespräch geschickt auf die Erzählungen des Buches und die Crew begann ihrerseits Erlebnisse zu schildern. Phil warf nur hier und da einige gescheite Fragen ein.

Dann begann Gerard, der Skipper und Eigentümer der Jacht, sich und den anderen Freund vorzustellen.

Gerard war schon viele Jahrzehnte mit seinen Jachten unterwegs. Sein größtes Segelerlebnis war die Überquerung des Atlantiks in die Südsee. Seine Erfahrungen und sein Wissen waren in Seglerkreisen weitum bekannt und sehr gefragt. Ihm konnten sie unbesorgt ihr Schicksal überlassen. Aber er war auch ein Draufgänger und scheute keine Gefahren und Stürme, wie Edward, das andere Crewmitglied, berichtete. Alle hatten schon schwerste Borastürme mit ihm mitgemacht, aber Gerard brachte sie immer wieder heil nach Hause.

Edward, der „Navigator", wie ihn Gerard nannte, war der Älteste von ihnen. Als ehemaliger Angehöriger der amerikanischen Navi, der schon seit Jahren im Ruhestand war und eine Österreicherin zu Frau hatte, war er mit den technischen Einrichtungen des Schiffes, dem Radar, den Schiffskarten, den Wettermeldungen und den Tiefenmessungen und Seeregeln bestens vertraut. Er konnte auch jederzeit einspringen, wenn dem Skipper etwas passieren würde. Aber er war auch launenhaft, war das Befehlen aus seiner Dienstzeit auf einem Flugzeugträger gewohnt und konnte ein unangenehmer, penetranter, pingeliger und genauer Zeitgenosse sein. Meist jedoch lag er in der Sonne und überließ gerne das Steuer den Neulingen, maßregelte sie bei Fehlern, allerdings mit ziemlicher Lautstärke. Aber dann war er wieder freundlich und es war alles vergessen. Als Liebhaber ernster Musik hörte er gerne hauptsächlich Richard Wagner. Wenn sie sich mit einem anderen „feindlichen" Schiff matchten oder als Erste in eine Hafeneinfahrt einlaufen wollten, um einen guten Ankerplatz zu ergattern, ertönte der ohrenbetäubende „Ritt der Walküren" mit voller Lautstärke. Da wussten dann alle sofort, wer diese „Jachtflegel" waren und die Ruhe störten. Auch beim Entern von Jachten, die alleine von Frauen gesteuert wurden, war er immer einer der Ersten.

Und dann stellte sich auch noch Philipp Morrison vor. Er habe zwar die wenigste Erfahrung mit Schiffen, aber er habe gut gelernt und sei auch sehr wissbegierig. Sie mögen ein wenig Nachsicht mit ihm haben. „Ich werde mich sehr bemühen", versprach er mit treuem Augenaufschlag. Das akzeptierten die zwei Kameraden natürlich und versprachen ihn zu unterstützen. „Ich bin ein guter Kartenspieler, Black Jack, Pokern und andere Kartenspiele beherrsche ich auch, ich habe alles im Gef...", dann hätte er sich beinahe versprochen und korrigierte schnellstens, „... im Ge...schäft meiner Eltern gelernt." Alle waren darüber sehr begeistert. „Außerdem, wenn es sein sollte, kann ich auch noch ein bisschen Akkordeon spielen."

„Okay, wir haben eine alte Ziehharmonika und eine Gitarre an Bord. Es wird sicher Gelegenheit dazu geben."

Nach einigen Vierteln guten Weines war die Stimmung bereits ausgezeichnet und nach Bekanntgabe des Reisepreises, den Philipp Morrison nicht für überzogen hielt, wurde man sich schnell einig.

In drei Wochen sollte es also losgehen. Mit dem Auto des Skippers könnten alle nach Kroatien in die Marina, in der die Jacht von Gerard lag, fahren. Sie waren sich alle einig und zufrieden einen guten Segelkameraden gefunden zu haben.

Einzig Edward beobachtete einige Male Phil und wunderte sich über die Geschichten, die er ihnen erzählte. Er hatte den Eindruck, das schon alles einmal selbst gelesen zu haben. Aber nachdem Phil, wie sie ihn nun nach kurzer Zeit nannten, anscheinend ein lustiger Kampel war, vergaß er seine Überlegungen.

Dann kam der Tag der Abreise. Phil hatte nicht viel einzupacken. Einen Pyjama brauchte er nicht, da er grundsätzlich nur nackt schlief. Handtücher waren sicher an Bord. Er wollte sich natürlich eine Woche lange nicht rasieren und eine Zahnbürste war auch nicht notwendig. Ein Stück Kernseife genügte ihm. Es gab ja genug Meerwasser, das bekanntlich sehr gut reinigt. Sonnencreme oder ähnliche Schönheitscremes kannte er nicht und *für die zwei Hanseln bin ich schön genug.* Sollten Weiber aufgetrieben werden, würde er sich zu helfen wissen. Zwei Badehosen, eine alte Taucherbrille, Flossen, einen Schnorchel und seine kleine Mauserpistole mit Munition packte er in einen Plastikbehälter und alles in den Seesack. Man kann ja nie wissen. Auch ein Seil, das er immer bei sich hatte. Dass er vielleicht seekrank werden würde, vergaß er!

Die zwei Segelexperten werden staunen, wenn sie mich dann richtig kennenlernen, überlegte er und lachte heimtückisch.

Als Phil endlich erschien, war der Wagen schon vollgepackt mit Lebensmittel für den Törn. „Wo bist du denn so lange gewesen, wir sind schon eine halbe Stunde zu spät?"

„Es tut mir leid Freunde, aber meine Schwester ist krank und ich musste überraschend zu ihr kommen."

„Okay, bitte in Zukunft immer pünktlich."

„Alles klar", antwortete Phil. „Entschuldigt, es wird nicht mehr vorkommen." Dafür stieg er als Erster in den Wagen und setzte sich sofort zum Fahrer. „Wir wechseln auf der Fahrt immer die Sitzposition ab, ich bin ja auch sehr groß und hinten ist nicht so viel Platz."

„Ja natürlich, beim nächsten Stopp werde ich nach hinten gehen." Dann kam der erste Stopp an der Grenze und die

Männer verschwanden im Rasthaus. „Eine halbe Stunde Aufenthalt Phil, dann ging es weiter." Als Phil wieder vorne sitzen wollte, da ihm schon ein bisschen übel war, kam der Befehl von Edward: „Jetzt wird gewechselt und du gehst nach hinten." Will verzog sich hinter den Fahrer und war sehr still. Nach zwei weiteren Stopps erreichten sie endlich die Marina.

Das Wetter war sehr stürmisch, und als sie in die Marina einbogen, knatterten die Leinen der Segelschiffe im Wind und schlugen an die Masten der Boote. Phil war etwas blass geworden und Edward beobachtete ihn. „Du brauchst dir keine Sorgen machen, morgen wird es sicher besser."

„Nein, nein, ich mache mir keine Sorgen, nur die Autofahrt in dieser alten Kiste hat mir zugesetzt."

„Es ist zwar ein relativ neues Auto und uns beiden geht es gut", meinte Edward überrascht. Dann standen sie plötzlich vor der wunderbaren weißen Jacht. Phil meinte entsetzt: „So groß habe ich sie mir nicht vorgestellt, aber mit der werden wir sicher ganz schön auffallen und Eindruck schinden." Dann schwankte er ängstlich über die schmale Gangway auf das Schiff.

Beim Bunkern der weiteren Lebensmittel auf die Jacht stand Phil die meiste Zeit herum und betrachtete die anderen Schiffe und die Crew beim Beladen. Edward war leicht genervt und sagte zu Phil in etwas rauerem Ton: „Kannst du auch ein bisschen mithelfen?!"

„Na ja, ich habe ja bezahlt für diesen Törn und nun gut, ich helfe euch natürlich gerne."

„Du hast übrigens noch nicht bezahlt."

„Ja, leider habe ich meine Brieftasche vergessen. Aber wenn wir wieder nachhause kommen, werde ich das selbstverständlich sofort erledigen. Ich kann aber nicht schwer heben, da ich eine Bandscheibenoperation hinter mir habe."

„Ja, das ist natürlich etwas anderes", meinte Edward, stirnrunzelnd.

Dann erschien der Hafenmeister und bat die Crew, die Jacht an einen anderen Anlegeplatz zu verlegen, da ein noch größeres Schiff angemeldet war.

Dann kam der Befehl von Edward an Phil: „Du löst bitte das Seil von der Hafenmauer Phil, ich fahre jetzt rückwärts und dann lässt du die Fender auf der Backbordseite herunter." Phil verwechselte natürlich die Seiten, und als Edward das Schiff an die Kaimauer legte, waren keine Fender gesetzt und die Jacht rammte beschädigt an der Mauer entlang. Edward stieß einen Wutschrei aus, legte den Rückwärtsgang ein und fuhr von der Kaimauer weg. Dann sprang er auf die Backbordseite und setzte die Fender selbst. „Kennst du die einfachsten Regeln nicht Phil, sogar die Seiten hast du verwechselt, du Blödmann!" Aber dann sagte er nichts mehr, da Phil sehr geknickt schauen konnte. „Ihr müsst mir noch manches beibringen", meinte er ziemlich kleinlaut, „aber ich bin halt sehr aufgeregt." Aber diesen Edward begann er bereits jetzt zu hassen. „Ich werde euch beiden noch das Fürchten lernen", murmelte er vor sich hin. „Befehle habe ich noch nie befolgt."

Endlich war die Jacht versorgt und Gerard bereitete ein kleines Abendessen vor. Die beiden Kameraden trösteten den Unglücksraben: „Das ist uns auch schon alles passiert. Nimm es nicht so ernst. Es ist halt auch der kleinste Schaden auf einem Schiff meist eine sehr teure Angelegenheit."

„Ich werde natürlich für den Schaden aufkommen", meinte Phil sofort. „Edward meint es ja nicht so, er ist halt das Befehlen mit ziemlicher Lautstärke gewöhnt." Phil murmelte vor sich hin: „Der wird der Erste, den ich erledige." Sie hörten es leider nicht. „Morgen werden wir dir eine kleine Wiederauffrischung deiner Segelkenntnis verpassen, lieber Phil!"

Phil wälzte sich in der Nacht in der kleinen Kabine unruhig herum.

Seine Rachegedanken steigerten sich mit Zunahme des Sturmes.

Der Sturm kommt mir gerade recht, überlegte er noch, bevor er endlich einschlafen konnte.

Der nächste Tag war wolkenverhangen und mehr als stürmisch. Gerard ging in die Hafenkommandantur. „Heute würde ich Ihnen abraten auszulaufen", meinte der Kommandant sehr ernst, „aber bei Ihrer Erfahrung wird das schon klappen. Windstärke 8 steigend. Es fährt heute niemand hinaus." „Ja, wir haben aber einen weiten Weg und ich muss los. Wir werden Sie natürlich auch an unsere Kollegen weiterleiten und sichern. Bleiben Sie relative nahe am Ufer und geben Sie uns sofort Bescheid, sollte etwas passieren." Gerard bedankte sich, zahlte und übernahm die Papiere. Edward hatte bereits alles zum Auslaufen vorbereitet und stand schon am Backbord Steuerrad. Am Steuerbord Ruder hatte er Phil postiert. So konnte er Erfahrung sammeln. Als sie die Hafeneinfahrt erreichten, schaltete Gerard den Motor aus und setzte mit den elektrischen Winschen vorerst die Sturmfock. Die Bora blies gewaltig und mit dröhnendem Rauschen immer auf- und abschwellend.

Gerard befahl Phil: „Halt das Steuer fest, ich muss kurz in den Salon, die Rettungswesten holen." In diesem Moment setzte Edward das Großsegel und mit einem lauten Knall fing sich der Wind darin. Dann ging alles sehr schnell, die Jacht beschleunigte enorm und jagte in die See hinaus. Durch eine brutale Böe legte sie sich beinahe flach auf das Wasser und Phil konnte das Steuerrad kaum mehr halten, da er seitlich abrutschte. Edward rief zu ihm: „Du blöder Hund, halte das Ruder fest!"

„Es geht nicht, ich kann es nicht mehr drehen." „Du brauchst dir nichts zu denken", meinte Edward seelenruhig, „dieses Schiff kann nicht untergehen, wir werden die Segel reffen." Es wurde nicht einfach, aber Edward turnte bereits nach vorne und die Jacht stand wieder auf. Phil zitterte am ganzen Körper und verzog sich hinter sein Steuer. Er stützte sich mit den Füßen an der Seitenwand ab. Dann sagte er mit vor Angst zitternder Stimme: „Bitte, könnten wir nicht wieder ans Ufer fahren, das ist ja ein Wahnsinn."

„Jetzt gibt es kein Ufer mehr und wir sind schon weit draußen. Dieses Lüftchen macht der Jacht doch nichts aus, dafür ist sie ja gebaut. Durch dieses Lüftchen fahren wir jetzt durch", schrie ihm Edward zu. „Ich gehe nochmals zum Bug und sehe nach dem Rechten. Phil nun kannst du das Steuer wieder halten. Wo ist Gerard?"

„Er sucht die Schwimmwesten, sie liegen in der Bilge des Schiffes. Wir hätten sie schon längst anlegen müssen", meinte Phil. Als Edward bei ihm vorbei musste, stellte ihm Phil heimtückisch ein Bein. Edward strauchelte, sah Phil entsetzt an und versuchte noch ein Seil zu fassen. Er verfehlte es aber und stürzte mit dem Oberkörper über die niedere Reling. Aber Phil fasste ihn bei der Hose und zog ihn über die Reling ins Boot zurück. In der einen Hand hielt er das Steuer und mit der zweiten hielt er Edwards Hosenbund. Die Jacht jagte durch den Sturm. „Warum hast du mir ein Bein gestellt?", keuchte Edward. „Entschuldige, du bist über mein Bein gefallen, das war doch nicht Absicht."

„Na, Gott sei Dank hast du mich halten können, sonst wäre ich in den Wellen versunken und das bedeutete bei einem solchen Sturm unweigerlich den Tod. Da kann man niemanden mehr finden, noch dazu ohne Schwimmweste." „Warum haben wir keine an?", fragte Phil, „das ist ja lebensgefährlich, was ihr beiden mit mir treibt. So etwas habe ich noch auf keiner Jacht erlebt."

„Warst du überhaupt schon einmal auf einem Schiff?", fragte Edward. „Ja, natürlich schon öfter als du", war die Antwort. Als Gerard endlich mit den Schwimmwesten auftauchte und die Westen verteilte, raunte ihm Edward zu: „Er hat mir ein Bein gestellt und beinahe wäre ich ins Meer gestürzt. Ich glaube, wir müssen vorsichtig sein. Irgendetwas stimmt nicht mit diesem Burschen."

„Na hoffentlich hast du nicht recht, wir werden aufpassen müssen."

Erst am späten Nachmittag und nach hartem Kampf mit dem Sturm liefen sie in einem kleinen geschützten Hafen ein. Die Stimmung war am Tiefpunkt und auch Phil tat so, als wäre er beinahe ums Leben gekommen. „Du hättest mir sagen müssen, dass die Jacht nicht kentern kann, dass die Gewichte am Schwert sie wieder aufrichten können und bei dieser extremen Seitenlage der Wind ja über das Schiff streicht, konnte ich doch nicht wissen. Das Schiff reagierte nicht auf das Steuer."

„Das ist völlig normal, wenn sich das Schiff wieder aufrichtet, greift auch das Ruder wieder."

Nach diesem erlebnisreichen Tag war die Crew ziemlich fertig.

Gerard richtete wieder das Abendessen, aber Phil aß keinen Bissen.

„Mir ist schlecht, ich lege mich nieder", war sein Kommentar und er verzog sich in seine Kajüte. In der Nacht musste er jedoch hinaus und kam bei der Kapitänskajüte vorbei. Als er einen Blick hineinwarf, sah er die beiden Männer eng umschlungen beieinander liegen. „Na ja um euch zwei ist ja nicht wirklich schade. Das erledige ich in den nächsten Tagen", waren seine letzten Worte, bevor er einschlafen konnte.

Die nächsten beiden Tage brachten endlich Wetterbesserung. Aber Edward hatte Phil das Beinstellen nicht vergessen und er behandelte Phil wie den letzten Dreck. Er brüllte ihn an, wenn er die einfachsten Handgriffe nicht richtig machte, und als sie bei herrlichem Wind den Spinnacker setzten wollten, fiel Phil ungeschickt über die Reling ins Wasser. Seine beiden Crewmitglieder lachten aus vollem Herzen, drehten eine große Runde und zogen den Unglücksraben lachend wieder aus dem Wasser. „Das war nun deine Feuertaufe, Phil", meinte Edward schadenfroh. Phil jedoch sagte kein Wort. *Das ist nun endgültig euer Todesurteil,* verfestigte sich dieser Vorfall in seinem kranken Gehirn.

„Wir kommen heute in ein wunderbares Gebiet mit vielen kleinen Inseln und wir werden uns einen Ankerplatz für die Nacht suchen", sprach Gerard. Nach dem Abendessen gibt es eine kleine Kartenpartie.

Am nächsten Morgen war Phil schon sehr früh auf den Beinen. Bereits gestern war ihm aufgefallen, dass eigenartige dreizackige Flossen dem Schiff folgten. Als er ins Wasser springen wollte, waren plötzlich wieder diese Flossen zu sehen. Entsetzt zog er seine Beine von der Badeleiter aus dem Wasser. Dann sah er, dass der Schwarm das Schiff umkreiste. Es waren Haie, das war ganz klar. Phil ging zum Eisschrank und holte eine ganze Ladung Fleischdosen und Würste. Dann warf er alles in das Meer. Das Getümmel folgte unmittelbar darauf, als sich die Haie um das Futter stritten. Die beiden anderen Crewmitglieder kamen dann später, nachdem die Haifütterung vorbei war, ebenfalls zum Frühstück, aber Phil erwähnte kein Wort. „Wir schalten den Autopiloten ein und du brauchst überhaupt nichts zu machen, außer unsere weitere Fahrt zu überwachen. Bei Gefahr rufst du uns bitte. Edward und ich werden uns unten um den Motor und unsere Ankerkette kümmern. Der Motor hat gestern gestreikt."

„Das passt mir sehr gut", überlegte Phil, „ich lege mich in die Sonne." Dann verschwanden die beiden unter Deck. Phil suchte mit dem Fernglas das Wasser ab und plötzlich waren wieder die Haie da. Sie umkreisten das Schiff. Phil warf ihnen wieder einige Stücke Fleisch und Wurst ins Meer. Es wurden immer mehr Haie. Nach einer Stunde jedoch waren sie wieder verschwunden. Nur manchmal sah er eine Flosse am Schiffskörper entlangschwimmen und er versorgte den Hai weiter mit Futter. Gerard und Edward waren endlich mit ihren Arbeiten fertig. „Jetzt werden wir dir etwas zeigen, Phil, da wirst du staunen", sagte Edward! „Wir befestigen jetzt zwei Fender an einem Seil und lassen sie an der Leine fünfzig Meter hinter dem Schiff hertreiben. Dann können wir ins Wasser springen und uns hinter dem Schiff nachziehen lassen." Urplötzlich dämmerte es im kranken Gehirn von Phil und er erkannte plötzlich seine Chance auf Rache. Die Haie mussten ja noch in der Gegend sein. Er hatte früher sehr viel gefischt und wusste, dass zum Fangen der Fische auch ein Blinker verwendet wurde. Wenn sich die beiden an den Fendern durchs Wasser ziehen lassen, wirkt das auf die Haie wie ein Blinker, den sie natürlich fassen würden. Gerard ließ die Badeleiter hinunter und meinte zu Phil: „Du kannst auch hereinspringen, es ist völlig ungefährlich."

„Nein, ich traue mir das nicht zu", war seine Antwort. „Du bist wirklich ein feiger Hund", meinte Edward noch und sprang in weitem Bogen ins Meer. Phil sah den beiden zu, wie sie sich zum Ende des Seiles treiben ließen und sich bei den Fendern anhielten. Dann stieg er in die Kombüse und holte das restliche Fleisch und die Wurst aus dem Kühlschrank und warf alles über Bord. Er schaltete die Stereoanlage ein und drückte den Knopf des Aufnahmegerätes. Dieses Spektakel wollte er aufzeichnen und es sich später zuhause in Ruhe anhören. Nach wenigen Augenblicken kräuselten sich die Wellen und der erste riesige Hai tauchte nach den Fleischstücken. Plötzlich wimmelte es von Haiflossen und blitzartig wurde alles vertilgt. Dann verschwanden die Bestien urplötzlich. Phil sah nach den beiden Männern und konnte nichts Beunruhigendes erkennen. Sie lachten und scherzten und riefen ihm immer wieder zu: „Du feiger Hund, du Memme!"

Doch auf einmal machte sich Gerard lautstark bemerkbar. „Phil, zieh bitte die Fender ein, wir wollen jetzt wieder auf die Jacht." Phil ließ sich jedoch Zeit und dann hörte er plötzlich Gerard mit panikartiger Stimme rufen: „Komm beeile dich Phil, ich habe kein gutes Gefühl, hier sind wahrscheinlich einige Flipper und umkreisen uns." Dann hörte er die beiden Männer schreien: „Phil schnell zieh an, da sind Haie um uns!"

Phil rief ihnen zu: „Ach wo, da sind doch keine Haie weit und breit", und dann geschah das Unfassbare. Ein fürchterlicher Schrei war zu hören und Edward verschwand unter Wasser. Phil zog sehr bedächtig an der Leine und sah Gerard, der sich daran klammerte. Als er ihn auf ungefähr zehn Meter herangezogen hatte, stieß auch Gerard einen furchtbaren Schrei aus und das Wasser um ihn herum färbte sich blutrot. Nun geriet auch Phil in Panik und er zog wie ein verrückter an der Leine, und als Gerard unmittelbar am Schiff war, erkannte er, dass das Meer sich weiter mit Blut tränkte, und er versuchte die Hand von Gerard zu fassen, die ihm dieser mit letzter Kraft entgegenstreckte. Als er die Hand gefasste hatte, stolperte er. Das Seil wickelte sich um die Hand von Gerard und Phil stürzte über eine Strebe der Badeplattform ebenfalls ins Meer. Gerard klammerte sich mit einer Hand und in Todesqual an Phil und zog ihn unter Wasser. Unter Wasser sah Phil mit Entsetzen, dass Gerard bereits keinen Unterleib mehr hatte. Dann kümmerten sich die Bestien um Philipp Morrison und der Schwarm der Hai räumte in seiner gewohnten Umgebung mit den Eindringlingen ihres Jagdgebiets gründlichst auf. Es war wie ein Festschmaus für die Herrscher des Meeres. Minuten später war alles vorbei und nur mehr Blut an der Meeresoberfläche zu sehen.

Die Jacht steuerte durch den Autopiloten gelenkt immer weiter auf dem vorgegebenen Kurs.

Nach zwei Stunden kam eine andere Jacht dem Schiff entgegen. Die Crew des Schiffes versuchte mit der Jacht Kontakt aufzunehmen, aber es erschien niemand an Deck und es rührte sich auch nichts an Bord. Der Skipper der Jacht wurde jedoch argwöhnisch. Er drehte bei. Dann zog er eine Runde und fuhr einige Meter neben der Jacht her. Es tat sich nach wie vor nichts. Die Crew legte an der Jacht an und zwei Crewmitglieder sprangen auf das Deck des Schiffes. Sie durchsuchten das Schiff, konnten aber niemanden finden. Es war niemand an Bord. Sie stellten den Autopiloten ab und rollten die Segel ein. Als sie auf die Badeplattform stiegen, sahen sie mit Entsetzen, dass an einem noch zum Teil im Wasser hängenden Seil eine Hand eingeklemmt war. Es war aber kein Körper mehr daran. Dr. Horst S., ein Arzt und ein Crewmitglied, war der Einzige, der die Hand aus dem Seil nehmen konnte. Die anderen Crewmitglieder waren dazu nicht in der Lage. Dann notierten sie die Koordinaten und meldeten sich bei der Küstenwache. Stundenlang bis in die späten Nachtstunden wurde von Polizeibooten und Fischern das Meer abgesucht, aber die Crew der Jacht tauchte nie mehr wieder auf. Die Besatzung des Polizeibootes beschlagnahmte das Schiff und hängte es an ihr Schlepptau. Dann begannen die Beamten an Ort und Stelle mit der gründlichen Untersuchung der Jacht. Als sie die Aufnahmen des Tonbandgerätes abspielten, hörten die Männer plötzlich fassungslos und mit Grauen, was sich auf der Jacht ereignete. Der Todeskampf der Besatzung und ihre Schreie waren furchtbar.

Damit kam die traurige und furchtbare Wahrheit an den Tag. Niemand der Besatzung hatte das Unglück überlebt.

Am nächsten Tag gingen Warnungen an alle Boote und Jachten hinaus, aber die Menschen auf den wunderbaren Schiffen badeten trotzdem weiter im herrlichen türkisblauen Meer. Die Könige der Meere hatten keine Probleme neue Nahrung zu finden und vermehrten sich immer weiter!

Einige Tage später ging der Besitzer des alten Hauses, in dem Philipp Morrison wohnte, mit dem Direktor des nebenan liegenden Bankhauses und seinem jungen Finanzexperten durch das alte Mietshaus. Herr Steinbach hatte seinen alten Dackel mitgenommen. Als sie an der Wohnungstür von Philipp Morrison läuteten, öffnete natürlich niemand. „Der hier wohnt hat schon seit einem halben Jahr keine Miete mehr bezahlt, aber er war halt ein armer Mensch und so habe ich ihn umsonst wohnen lassen."

„Den müssten wir auch noch abfertigen", meinte der junge Herr Finanzexperte und schüttelte griesgrämig sein weises Haupt. „Das wundert mich allerdings nicht, Herr Steinbach. Das Haus ist ja abbruchreif, das wird uns ein Vermögen kosten das zu renovieren, wahrscheinlich werden wir neu bauen müssen. Da kann ich Ihnen kein gutes Angebot machen."

„Ich bin ja schon alt", meinte der Besitzer, „und habe ja keine Nachkommen, außer meinem Hund. Sagen Sie mir halt, was sie mir für mein Elternhaus geben können."

„Ich biete Ihnen an, wir geben Ihnen eine Zwei-Zimmer-Wohnung im neuen Haus im Tiefgeschoss, Sie zahlen uns die Betriebskosten, die Vergebührungen und die Eintragungsgebühren ins Grundbuch zahlen Sie sich selbst. Wie alt sind sie Herr Steinbach?"

„Na ja ich bin auch schon 82 Jahre."

„Nach ihrem Ableben fällt diese Wohnung wieder an die Bank zurück. Das ist wirklich mein allerbestes und ein sehr faires Angebot. So einen Vorschlag wird Ihnen nie mehr jemand machen." Herr Steinbach meinte noch: „Es sind doch einige tausend Meter Grund dabei und die Lage direkt neben ihrer Bank an der Hauptstraße und die neuen Siedlungen, die hier entstehen."

„Ja, aber der Untergrund ist ja vollkommen verseucht und wir müssen alles austauschen. Ein Vermögen wird das kosten. Ich weiß gar nicht, ob sich das für uns überhaupt rentiert", meinte der junge Finanzexperte wieder kopfschüttelnd.

„Na gut, wenn ich alle Sorgen damit loshabe, bin ich damit schweren Herzens einverstanden."

„Kommen Sie, Herr Steinbach gehen wir gleich in unser Büro und dort schreiben wir den Vorvertrag, die Grundbuchunterlagen bringen sie uns noch morgen vorbei!" Als Herr

Steinbach den Vorvertrag unterzeichnete, hatten es die feinen Herren sehr eilig und komplimentierten ihn so schnell als möglich aus dem zweihundert Quadratmeter großen Direktionsbüro. Sehr gebückt, aber nicht ganz unglücklich stand der Herr Steinbach vor der Direktionstür. Da sie einen Spalt offen war, hörte er noch, wie der junge Finanzexperte meinte: „Und dass er kein Haustier halten darf, hat er auch gar nicht bemerkt, der Esel." Dann kam die Sekretärin herein und sagte noch: „Herr Direktor, der Champagner ist eingekühlt und ein Festbankett ist vorbereitet. Alle Herren aus Wien werden anreisen und Ihnen am Nachmittag zu ihrem tollen Erfolg herzlichst gratulieren. Einer gewaltigen Vergrößerung unserer Geschäftsbereiche steht hiermit nichts mehr im Wege." Als der junge Finanzexperte gegangen war, zog der Herr Direktor seine Sekretärin zu sich auf den Schoss und meinte: „Für dich ist auch noch ein Penthouse drin, Schatzi!"

Herr Steinbach schloss leise die Direktionstüre und ging mit seinem Dackel zum Lift. Im Aufzug hob er seinen geliebten Hund hoch und sagte laut und deutlich zu ihm: „Hast du diesen Idioten gehört? Den Vertrag können sie sich irgendwo hineinstecken. Meine Tochter wird sicher laut lachen, wenn ich ihr alles erzähle. Denn vor zwei Jahren habe ich ihr ja das ganze Haus und meinen Besitz schon übertragen und dass ich nicht mehr zeichnungsberechtigt bin, hat er natürlich auch nicht gewusst, der feine Herr Direktor! Meine Tochter und ich haben damals beschlossen, den Erlös aus dem Verkauf des Hauses komplett einem Kinderdorf zu überweisen. Sie braucht es ja auch nicht. Wir beide werden nach Wien zu ihr übersiedeln und den Herrgott einen guten Mann sein lassen." Sein Dackel sah ihn etwas ungläubig, aber sehr zufrieden an.

Das Broken-Heart-Syndrom

Walter Schwarz war bereits seit zwei Stunden auf dem Weg in die Hauptstadt. Der schwere Wagen kämpfte sich auf der Autobahn zuerst durch einen fürchterlichen Nebel entlang der Seengebiete und kurz danach begann es auch noch zu schneien. Die Fahrbahn war spiegelglatt und die ganze Aufmerksamkeit von Walter Schwarz war gefordert. Einige Male hatte er schwere LKW überholen müssen und dabei fast die mittlere Leitplanke touchiert. Der Scheibenwischer leistete Schwerstarbeit und konnte die Schneemassen kaum von der Windschutzscheibe schieben. Durch ein sehr kleines freies Sichtfenster konnte er die Fahrbahn nur sehr schwer erkennen. Fünfzig Kilometer vor seinem Ziel musste er bei einem Rasthaus eine Pause einlegen. So etwas war ihm noch nie passiert. Früher konnte er stundenlang Auto fahren, ohne nur ein einziges Mal stehen bleiben zu müssen. Als er in die Ausfahrt des Rasthauses einbog, übersah er beinahe ein Räumfahrzeug der Straßenverwaltung. Die Arbeiter des Straßendienstes sprangen im letzten Moment zur Seite.

Dieser verdammte Termin heute Morgen um 9 Uhr in der Hauptstadt war an allem Schuld und versetzte ihn in Stress.

Die Firmenleitung übersandte ihm ja bereits am Sonntag ein Mail mit der Aufforderung „pünktlich" bei diesem außerordentlichen Meeting zu erscheinen. Die „Aufforderung" und noch dazu „pünktlich", diese Worte hatte er noch nie in dieser Firma gehört und sie verunsicherten ihn sehr. Meistens hieß es „Einladung", verbunden mit der Bitte, ob ihm der Termin in seine Terminplanung passen würde, oder es wurde um Abstimmung seiner Termine gebeten, um eventuell auch seinen Planungen zu berücksichtigen. Walter Schwarz war sein ganzes Leben lang gewohnt alle Termine pünktlichst und genau einzuhalten.

Er war seit mehr als fünfunddreißig Jahren Handelsvertreter für Damen- und Herrenunterwäsche und mit Leib und Seele mit seinem Beruf und seinem Arbeitgeber „verheiratet". Die Firma war wie ein Kind von ihm. Vor einem Monat wurde die Firmenleitung allerdings in andere Hände gelegt. Mit tränenerstickter Stimme teilte ihm damals der Sohn des Inhabers, den Walter Schwarz schon als Baby auf seinem Arm getragen hatte, mit, dass der Vater verstorben war. Mit seinem Vater zusammen hatte Walter Schwarz die Firma aus kleinsten Verhältnissen aufgebaut. „Walter, hilf mir die schwere Zeit zu überstehen, du bist der Einzige, dem ich vertrauen kann, und deine Ratschläge und deine Bemühungen haben uns so weit gebracht. Ich werde zu dir stehen, wie du immer zu uns gestanden bist." Durch den unermüdlichen Einsatz von Walter Schwarz war die Firma zu einem Weltkonzern aufgestiegen. Er wurde nach wie vor immer in alle Entscheidungen maßgeblich eingebunden und seine Vorschläge, Anregungen und Ideen waren für den weiteren Erfolg der Firma von großer Bedeutung. Er hatte das „Ohr" am Kunden und vor allen Dingen an den Menschen, die für das Produkt Unterwäsche in Frage kamen, und das waren praktische alle Menschen. Die gesamte Werbung war größtenteils auf seinen Ideen aufgebaut. Er konnte Herren- und Damenunterwäsche verkaufen wie kein anderer Kollege in der ganzen Firma und in der Branche. Vor allen Dingen die Damenunterwäsche war zu seinem großen Faible geworden. Beim Anblick eines weiblichen Körpers wusste er in Zehntelsekunden die Körbchengröße der Trägerin und was er mit seinen Produkten an ihr verbessern könnte. Durch seine Akribie und seinen Informationen von Ärzten und Schönheitschirurgen wurde auch der Bereich für brustamputierte Frauen stark ausgebaut und entsprechende Angebote wurden gemacht. Kein einziger Mitbewerber hatte ähnliche Produkte im Programm. Sämtliche Einkäuferinnen für Damen- und Herrenunterwäsche in der Republik hörten daher auf seinen Rat. Er war sozusagen in der Branche unter den Tophandelsvertretern der Spezialist in Sachen Körbchengrößen. Die Kollegen der Mitbewerber nannten ihn voller Neid nur den „Körbchenwalter".

Doch die Zeit blieb nicht stehen. Der Seniorchef hatte ihm in weiser Voraussicht vor seinem Tod die wichtigsten und größten Kunden schriftlich in einem Vertrag auf Lebenszeit übertragen und eine tolle Abfertigungsregelung notariell festgelegt. Dabei ernannte er ihn auch gleichzeitig zum Verkaufsdirektor. Sein Einkommen war einfach genial. Doch der Konkurrenzkampf war gnadenlos. Walter Schwarz war aber nach wie vor unschlagbar. Er steuerte den Absatz der Firma immer weiter in nie gekannte Höhen. Dann war nun der Eigentümer verstorben und es kamen neue Geschäftsführer. Sie unterbreiteten ihm den Vorschlag auch das Geschäft in den Auslandsfirmen zu übernehmen und dafür den Binnenmarkt abzutreten. Dies nahm er jedoch nicht an. Nicht einmal von einer Ablöse wurde gesprochen. Er war nicht mehr der Jüngste. Er sollte nun nach Fernost und dort ebenfalls die Geschäfte koordinieren und wieder neu aufbauen. Dorthin wollten sie ihn also abschieben und sich den Reibach aufteilen. Er hatte die Herren Gott sei Dank durchschaut und auch keine Lust mehr auf Bahnhöfen, Flughäfen und in Hotels die Zeit totzuschlagen, nächtelang in einsamen Hotelzimmern zu schlafen und sich mit Animierdamen die Zeit zu vertreiben. Sie wollten alle ja nur seine Kohle. Er spürte die Kälte der neuen Unternehmungsleitung jeden Tag. Selbst bei wichtigen Vermerken auf den Aufträgen schaltete sich neuerdings ein neuer sehr junger Verkaufsleiter ein, der ihm nicht einmal vorgestellt worden war. Dieser feine Herr stornierte einfach seine Forderungen mit der Begründung, *das können wir so nicht machen* oder *das ist zu teuer*. Der Gipfelpunkt des Schnösels war ein Brief, in dem er Walter Schwarz ersuchte, den Damen der Auftragsannahme keine Vorschriften zu machen, und ihn aufforderte in Zukunft etwas verständlicher zu argumentieren. Noch weitere junge Verkaufsleiter wurden eingestellt. Sie hatten alles an den Hochschulen gelernt und mit wissenschaftlichen Methoden versuchten sie die noch immer fantastischen Verkaufszahlen zu toppen. Er erhielt nun seit Neuestem jeden Tag eine Berichtsliste, die er auszufüllen hätte. Wo waren sie, wie viele Termine haben sie erledigt usw. Dann erhielt er Listen mit Anweisungen, welcher der Kunden wann und wo zu besuchen sei, und bei niedrigen Aufträgen sollte er eine genaue Erklärung abgeben, was der Grund sei. Eines dieser Würstchen hatte man ihm bereits auf einer Verkaufsreise in sein Auto gesetzt, um seine Tätigkeit zu studieren. Es diene ausschließlich seiner Unterstützung. In Wirklichkeit ging es nur darum ihn zu kontrollieren und eventuelle Fehler aufzudecken. Er war kein Nachfüller von Marmelade und Mayonnaise in Supermärkten.

Walter Schwarz hatte sie durchschaut und begann nun seine Arbeit etwas gelassener anzugehen. Sein Plan stand fest, er würde nach Lukrierung seiner ihm zustehenden gewaltigen Abfertigung in den verdienten Ruhestand gehen. Er hatte ja noch einiges vor. So bemerkte er auch, dass ihm die Konzentration auf das Autofahren und die mühseligen Vorlagen der Kollektionen in den Konzernen und Fachabteilungen doch manchmal schon Schwierigkeiten bereiteten. Die Verhandlungen mit den Einkäufern forderten seine ganze Aufmerksamkeit und Konzentration. Er bekam es neuerdings mit jungen und von sich sehr eingenommenen Menschen zu tun. Die Generation der Einkaufsexperten, mit denen er jahrelang erfolgreich arbeiten konnte, wurde ausgesondert und unter fadenscheinigen Gründen gekündigt oder im besten Fall in Rente geschickt. Die langjährige Erfahrung war momentan nirgends mehr wichtig. Der Computer spuckte die Zahlen aus, und wenn sie der Geschäftsleitung nicht mehr passten, ging es dem Verantwortlichen gnadenlos an den Kragen.

Gewinnmaximierung und Reduzierung der Arbeitsplätze war die Maxime geworden. Der neue Finanzchef las ihm bereits neidvoll seine Provisionsabrechnungen vor und meinte sozusagen im „Scherz": „Sie verdienen ja viel zu viel für das bisschen Arbeit im Außendienst." Dann wurden auch einigen Kollegen gnadenlos die Einkommen gekürzt, da die Umsätze rückläufig waren und man begann ihre Verkaufsgebiete aufzuteilen. Das war effizienter und junge Manager wären noch ausgehungerter als die alten Haudegen. Das war schon eine weitverbreitete Meinung. „Andere wollen auch leben, Herr Direktor Schwarz", das aber musste er sich von diesem Schnösel nicht bieten lassen und er begann seine eigenen Überlegungen anzustellen und zu entscheiden. Er musste gehen, solange das Geschäft noch so gut lief.

Die Geschäftsführung konnte ihm zurzeit noch nichts anhaben, aber er war gewarnt. Walter Schwarz hatte darüber schon nachgedacht und er war sehr nervös. Seine wie immer so wichtigen Kontakte hatte er ja bereits ausgedehnt und aus verlässlichen Quellen erfahren, dass einer der größten chinesischen Produzenten im nächsten Jahr den Markt aufrollen würde.

Dann dieser Brief mit der „Aufforderung" „pünktlich" zu erscheinen, was ihn die letzte Nacht nicht mehr ruhig schlafen ließ. Er hatte noch kein Konzept, wie er die Sache angehen sollte. Zuerst musste er wissen, was ihn tatsächlich erwartete. In letzter Zeit hatte er wie schon lange nicht mehr so konzentriert und exakt gearbeitet. Mit faulen Witzen und Charme konnte bei den jungen Einkäuferinnen, die selbst unter enormen Druck standen, kein Blumentopf gewonnen werden, wie er immer sagte. Die Order waren schon mehrmals nicht so üppig ausgefallen, wie er das gewöhnt war. Er hörte auch bereits Gespräche der jungen Damen und Herren untereinander, es gebe auch noch andere tolle und günstigere Firmen und deren sehr „netten" Handelsvertretern müssten sie auch etwas abkaufen.

Diese „netten" Handelsvertreter kannte er alle. Manchmal war es ihm schon passiert, dass er zwar einen Termin erhielt, allerdings zu einer unmöglichen Zeit und noch eine Stunde lang auf den Herrn Einkäufer zu warten hatte. Vor ihm hatte der junge Mitbewerber freudestrahlend das Einkaufsbüro verlassen. Jeder Mensch ist käuflich, aber nicht bei Walter Schwarz. „Schmieren" kam bei ihm niemals in Frage. Der Finanzchef hatte ihm dies unverblümt vorgeschlagen und geraten. „Einen Teil ihrer Provision könnte man dafür problemlos verwenden, nicht wahr Herr Direktor Schwarz, Sie verdienen ja nicht gerade schlecht." „Sie sollten auch etwas abgeben und den in der Firma arbeitenden Menschen, die nicht so viel verdienen wie sie, Solidarität beweisen." „Die Zeiten werden nicht besser." „Die Auftragslage ist nicht mehr so, wie sie sein sollte, Herr Direktor Schwarz, lassen Sie sich etwas einfallen." Das hatte ihm der junge Schnösel wieder unverblümt vorgeschlagen. Für ihn war das wie ein Tiefschlag in seinen Magen. Der Juniorchef war in letzter Zeit nicht mehr erreichbar und er erhielt auch keine Antwort, wo er ihn erreichen könnte und seine Handynummer war stumm. Mit ihm wollte er so schnell als möglich einen Termin vereinbaren, um die Angelegenheiten zu bereinigen.

Die schlaflosen Nächte der letzten Zeit wirkten sich bei den Autofahrten aus. Manchmal war er sehr unkonzentriert und konnte nur mit Mühe schwere Unfälle vermeiden. Diesen Frust musste auch seine Ehefrau ertragen, sodass er bereits mehrmals über das Wochenende in einem Hotel übernachtete und nicht nachhause gefahren war. Das hatte sie auch akzeptiert, denn sie hatte ja auch eigene Interessen und kein schlechtes Leben.

Walter Schwarz war spät dran und er erhöhte die Geschwindigkeit des schweren Wagens. Er fuhr immer Autos teuerster Preisklasse und schwor auf ihre Verlässlichkeit und Sicherheit. Schon vor einigen Wochen erhielt er allerdings eine Strafe wegen zu schnellem Fahren. Vor der Einfahrt nach Wien hatte er eine Radarfalle übersehen. Er war zweihundert Stundenkilometer gefahren, bei erlaubten einhundert. Eine Vorladung bei der Polizei war daher angeordnet und eine hohe Strafe fällig. „Sollten Sie noch einmal eine derartige Geschwindigkeitsübertretung begehen, wird Ihnen der Führerschein abgenommen werden." Eine Bezahlung der Strafe wurde von seiner Firma abgelehnt. „Passen Sie besser auf", war der Kommentar der Controllerin. Als Walter Schwarz den Innenstadtring erreichte, parkte er noch kurz vor dem kleinen Caféhaus ein. Er musste sich sammeln und seine Gedanken sortieren. „Ich werde mir alles vollkommen ruhig und gelassen anhören. Hoffentlich kann ich mich beherrschen." Dann schluckte er noch seine Blutdrucktablette und betrat das kleine Café. Er hatte noch gut eine Stunde Zeit. Der Termin war um 9 Uhr in der Firmenzentrale angesetzt. Dann wählte er die Telefonnummer von Claire de Bor, seiner Geliebten und Chefeinkäuferin des morgigen Termins. Sie war sofort am Apparat und rief total erfreut: „Hallo Liebling, ich freue mich schon so auf dich. Passt alles morgen." Walter Schwarz musste tief einatmen und meinte: „Natürlich passt alles, ich habe Sehnsucht nach dir! Ich bin ganz pünktlich." Dann legte er wieder auf. Dieses Problem hatte er noch zu lösen. Aber es würde sehr schwer werden. Aber alles nach der Reihe, das war ja schon immer seine Devise.

Er konnte sich allerdings nicht mehr auf seine Argumente für die bevorstehenden Aussprachen konzentrieren und bestellte einen starken schwarzen Kaffee als Gegenmittel für die blutdrucksenkende Tablette. Nach dem Kaffee und einer wunderbaren Punschtorte ging es ihm plötzlich wieder besser. Nun konnte er wieder klarer denken und er machte sich zu Fuß auf den Weg in die Zentrale des Unternehmens. Die Sekretärin am Eingang, die ihn schon seit Jahren kannte, sah sehr verhärmt aus und meinte vielsagend: „Herr Schwarz, Sie sollen sofort in die Direktion kommen, es warten schon alle auf Sie."

„Was ist denn los Susanne, Sie schauen ja so traurig?" „Herr Schwarz, wir müssen Leute entlassen!" Die Nachricht traf ihn wie einen Schock.

Walter Schwarz nahm die Treppen im Laufschritt und dann öffnete er die Türe zum Konferenzraum. Hier hatte er den Juniorchef schon als Baby auf den Armen gehalten. Als er eintrat, wurde es automatisch totenstill. „Guten Tag allerseits, seid ihr auch schon munter?", meinte er sehr freundlich, aber da niemand etwas sagte, erfasste er blitzschnell die Situation. Niemand begrüßte ihn und niemand gab ihm die Hand. „Na gut, wenn ihr nicht einmal guten Morgen sagt und alle ein grantiges Gesicht macht, dann kann ich es auch sein." Bevor der neue Geschäftsführer, der es nicht der Mühe wert fand, aufzustehen, noch etwas sagen konnte, donnerte Walter Schwarz bereits los. Nun war er voll auf Touren, der Kaffee tat seine Wirkung. „Wenn Sie alle hier glauben, Sie können mich wie einen Wurstel nach Wien in ihre komfortablen Büros zitieren, und ihr nicht einmal eure fetten Ärsche aus den Ledergarnituren erhebt, die Ihr Vater, lieber Herr Juniorchef, und ich für euch Banausen erarbeitet haben, dann werde ich ihnen jetzt den Marsch blasen. Und Ihnen Herr Geschäftsführer, der Sie auch nicht einmal aufstehen und mir die Hand geben kann, sage ich jetzt, dass Sie keine Manieren haben." Als der Geschäftsführer etwas erwidern wollte, war Walter Schwarz voll auf Touren und brüllte ihn an: „Von Ihnen lasse ich mich nicht anflegeln. Sie sind ein Versager mit ihren jungen Wichtigtuern und warum hast du ihn nicht schon längst hinausgeworfen", schrie er bereits zum Juniorchef. Der Juniorchef wollte auch etwas erwidern, aber Schwarz donnerte zu ihm hin: „Erst unten am Empfang habe ich erfahren, dass Menschen entlassen werden sollen. Ihr habt es nicht der Mühe wert gefunden mir von der Situation zu berichten. Ihr wolltet mich nach China abschieben, sodass ich eure Machenschaften nicht durchschauen kann, ihr Drecksbande."

Plötzlich schnappte Walter Schwarz nach Luft und griff sich an die linke Brustseite. Er sackte langsam in die Knie und dann auf den Boden. Zwei Sekretärinnen waren sofort an seiner Seite und gaben ihm ein Glas Wasser. Niemand der Führungsriege krümmte einen Finger, als Walter Schwarz wieder alleine aufstehen konnte. Dann kam der Geschäftsführer mit einem Glas Sekt auf ihn zu und meinte: „Sind Sie doch nicht so aufgeladen, Herr Direktor Schwarz." Doch Walter Schwarz nahm dem Geschäftsführer das Glas aus der Hand und schüttete es dem Unvorbereiteten plötzlich mitten ins Gesicht. Den Schwächeanfall hatte er sehr schnell überstanden. Er hatte sich wieder gefangen und begann sehr ruhig zu sprechen: „Lieber Herr Juniorchef, im Safe deines Vaters liegt noch immer mein notariell beglaubigter Dienstvertrag. Darin kannst du lesen, dass es für mich eine Ausstiegsklausel gibt, die es mir unter anderem erlaubt im Falle einer Beeinträchtigung meiner Gesundheit die Tätigkeit für das Unternehmen sofort einzustellen. Sämtliche Abfertigungs- und Provisionsansprüche sind dadurch prompt zu leisten. Davon mache ich jetzt sofort und unwiderruflich Gebrauch.

Hiermit beende ich meine Arbeit für das Unternehmen. Einzig den Termin morgen werde ich noch für ‚meine Firma' erledigen." Dann ging Walter Schwarz langsam zur Tür und schloss sie hinter sich zu. Den Tumult im Sitzungszimmer hörte er noch, als er bereits auf der Straße stand. Walter Schwarz atmete tief und befreit durch. Sie konnten ihm keinen größeren Gefallen machen. Nun war er endlich frei.

Er wechselte die Straßenseite und spazierte zur Staatsoper. Die Kassa war geöffnet und er kaufte sich eine Karte für die Abendvorstellung mit Placido Domingo.

Dann fuhr Walter Schwarz in das allgemeine Krankenhaus in die Herzambulanz. Der untersuchende Arzt beruhigte ihn und gab ihm den Rat, weniger schwarzen Kaffee zu trinken und wesentlich kürzer zu treten. „Ihr EKG ist ganz in Ordnung. Auch die Blutwerte sind bestens. Der Blutdruck ist allerdings noch auf 190. Ich gebe Ihnen gleich eine Spritze. Bleiben Sie noch eine halbe Stunde bei uns, dann werden wir nochmals messen. Machen Sie sich keine Sorgen. Mehr spazieren gehen, viel frische Luft und weniger Aufregungen, dann werden Sie noch hundert Jahre alt. Aber es war doch ein kleiner Wink Ihres Herzens, Herr Schwarz."

Am Abend in der Staatsoper hatte er die Aufregungen weitgehend verarbeitet. Doch auch in dieser Nacht konnte er nicht schlafen. Unruhig wälzte er sich im Bett umher und immer wieder musste er die furchtbare Situation in der Firma überdenken. Am meisten Sorgen bereitete ihm die Nachricht über die bevorstehende Entlassung von Mitarbeitern. Seine eigenen Kränkungen verdrängte er vorerst in gewohnter Weise.

Am nächsten Morgen war Walter Schwarz bereits auf dem Weg zu seinem letzten Termin, als das Autotelefon läutete. Der Juniorchef der Firma war am Apparat und wirkte sehr betroffen. „Walter, es tut mir alles so leid, du kannst mich in dieser schwierigen Situation nicht im Stich lassen, wir machen alles so, wie du es vorschlagen wirst. Ich will dir eine goldene Brücke bauen." Walter Schwarz sagte nur: „Wenn ich morgen meine Abfertigung und meine restlichen Provisionen auf dem Konto erhalten habe, werde ich mir das Ganze noch einmal überlegen." Der Junior meinte: „Ich werde alles in die Wege leiten, es genügt ja nur ein Griff zum Computer und ich habe deine Abfertigungsbeträge. Der Finanzchef wird dir heute noch alles überweisen."

„Gut, wir werden sehen, ich melde mich dann bei dir, wenn alles auf meinem Konto eingegangen ist. Jetzt erledige ich noch meinen wichtigen Termin." Und er beendete das Gespräch.

Dann bog Walter Schwarz von der Autobahn ab und fuhr in das riesige Einkaufszentrum am Rande der Stadt. Um Punkt 10 Uhr war er in der Zentrale für den Damen- und Herrenunterwäscheeinkauf. Eine Angestellte kam ihm entgegen und ersuchte ihn den dafür vorgesehenen Kollektionsraum aufzusuchen und seine Kollektion aufzulegen. „Frau Clair de Boer wird mit ihren Damen und Herren der Abteilungen sofort zu Ihnen kommen."

Die Vorlage verlief diesmal ganz anders als gewohnt. Es waren außer der Chefeinkäuferin lauter junge und neue Einkäuferinnen im Kollektionsraum. Walter Schwarz begann wie gewohnt mit einem kurzen Statement über die Entwicklung des Marktes. Wie immer war er erstklassig vorbereitet. Walter Schwarz wies auch noch auf die schwierigere Situation durch die Konkurrenz aus den Niedriglohnländern hin. Die Bedeutung der Aufträge sei natürlich auch für die Arbeitsplätze der Mitarbeiter im Heimatland äußerst wichtig. Dann jedoch bemerkte er eine gewisse Unruhe unter den Einkäufern und begann schneller als üblich mit der Vorlage der einzelnen Kollektionsteile. Zwei Mannequins führten die Teile vor. Normalerweise wurde auf eigenen Orderblättern sofort mitgeschrieben. Die Kollektionsteile waren einzeln aufgeführt und die Einkäufer brauchten nur mehr die Gesamtmengen und Farben einzutragen. Es fiel ihm auf, dass bei einigen tollen, aber teureren Kollektionsteilen nichts geordert wurde. Auch die Mengen bei den anderen Teilen waren weit weniger als sonst. Als er noch die Billigschiene für Abverkäufe und Sonderangebote vorstellen wollte, machte ihn ein Einkäufer darauf aufmerksam, dass bereits der Einkaufsrahmen erschöpft und alle Order vergeben seien. Auch in den Filialen seien die Geschäfte rückläufig. Walter Schwarz wechselte einen schnellen Blick zu Claire de Boer, aber sie schüttelte nur bedauernd den Kopf. Dann verabschiedeten sich die Einkäufer sehr rasch. Früher war es üblich noch einige Zeit zu diskutieren und Tipps und Erfahrungen für den Verkauf zu geben und auszutauschen. Auch erhielt er immer wieder Vorschläge für neue Produkte oder Wünsche. Das war ja mitunter das Wichtigste. Diesmal interessierten seine Ausführungen offenbar niemanden mehr.

Als die letzten Einkäufer den Raum verlassen hatten, saß nur mehr Claire an ihrem Platz. „Walter, es tut mir wirklich leid, wir haben heute früh von der Geschäftsleitung überraschend den Auftrag erhalten, alle Order an eure Firma um 50 % zu verringern. Ich konnte gar nichts machen." Walter Schwarz hatte zwar erwartet, dass es einen kleinen Rückgang geben könnte, aber mit diesem Ergebnis musste er nicht rechnen. Vor allem sein Billigprogramm war völlig durchgefallen. Claire meinte noch: „Die Produzenten aus Fernost rennen uns die Türen ein." Walter Schwarz antwortete: „Ich weiß das schon und habe geahnt, dass es so nicht weitergehen wird." Claire raunte ihm noch ins Ohr: „Komm heute Abend früher zu mir, ich bereite ein wunderbares Abendessen für uns beide. Ich habe dir ein wunderbares Geheimnis zu sagen, Schatz." Walter Schwarz verdrehte bereits vor Erwartung die Augen.

Nach dem Termin begann Walter Schwarz den Auftrag auszurechnen. Er war nur mehr ein Drittel so hoch wie im Vorjahr. Eine Katastrophe und er war maßlos enttäuscht. Die armen Menschen in der Firma! Ich hätte schon weit früher auf den Tisch hauen sollen und er machte sich selbst die größten Vorwürfe.

Seit Jahren pflegten Claire und er immer das gleiche Ritual, wenn er nicht bei ihr übernachten konnte: Termin in der Firma, Auftragserteilung, Mittagessen in einem guten Restaurant und dann auf einem Parkplatz, Liebe auf dem Rücksitz seines Wagens. Anschließend langer Abschied und viele Küsse. Sie musste ja wieder in die Firma.

Um Punkt 19 Uhr läutete er in Claires kleiner Zwei-Zimmer-Wohnung.

Als sie ihm öffnete, kam sie ihm strahlend entgegen. Wie immer hatte sie sich besonders hübsch gemacht und führte ihn in ihre kleine Welt. Hier konnte er sich wohl fühlen und entspannen. Er war zwar jahrzehntelang verheiratet, aber in der ehelichen Liebe war schon lange nichts mehr los, es war für ihn alles nur mehr peinlich und gefühllos.

So holte er sich bei Claire einmal im Monat, was er brauchte, und sie war auch noch dankbar dafür, wie er fest glaubte. Die Geschenke hielten sich auch in Grenzen, es war also ein billiger Spaß.

Nach dem wunderbaren Abendessen schmiegte sich Claire an ihn und sagte: „Schatz, eine Bitte hätte ich noch vor dem Nachtisch, kannst du mir bitte helfen meine neue Gardine aufzuhängen, nachher gibt es einen ganz besonders süßen Nachtisch und eine wunderbare Nachricht für dich." Sie lächelte ihn geheimnisvoll an.

Die Gardinenaktion war nicht ganz einfach, da die Raschelgardine sehr umfangreich war und nur eine kleine Leiter zur Verfügung stand. Walter Schwarz versuchte mehrmals wie ein Artist die kleinen Aufhänger in die Laufschienen einzuführen. Endlich war das Werk vollbracht und er stieg schweißgebadet von der Leiter. Ich muss noch schnell in die Dusche. Claire meinte noch verführerisch: „Ich wärme inzwischen das Bettchen vor."

Walter Schwarz war wie immer sehr erstaunt, wie ausgehungert seine Geliebte sein konnte. Als sie beide erschöpft von sich abließen, schmiegte sich Claire noch weiter an ihn. „Darf ich dir jetzt unser Geheimnis sagen?"

„Ja sicher ich bin schon so neugierig!" Mit freudiger und geheimnisvoller Stimme sagte sie: „Walter, wir bekommen ein Kind!" Als er dies hörte, raste ein kleiner Stich durch seine Brust und er fiel aus allen Wolken. Dann sprang er aus dem

Bett und stieß urplötzlich einen Freudenschrei aus. „Claire, das ist ja die größte Freude, die du mir machen kannst. Ich werde verrückt und das noch in meinem Alter." Sie sah ihn zuerst etwas ungläubig an, aber das war ihm vor lauter Begeisterung nicht aufgefallen. Er tanzte wie ein Verrückter durch das Schlafzimmer. „Ich lasse mich sofort scheiden und du kommst zu mir. Ich erhalte eine fantastische Abfertigung und wir beide beginnen ein neues Leben." Claire sah ihn noch immer total überrascht an, sie konnte nicht glauben, was sie hier hörte. Sie hatte eigentlich vermutete, dass er nicht gerade begeistert sei und ihr verschiedene Angebote machen würde, aber dass er mit ihr zusammen leben wollte, das musste sie sich noch sehr gut überlegen und hatte sie auch eigentlich nicht erwartet. In erster Linie benötigte sie einen Vater für ihr Kind, der auch ordentlich dafür zahlen sollte. Aber falls die finanziellen Dinge klar geregelt wurden, sollte es ihr schon auch so ganz recht sein.

Was folgte, war die Nacht der Nächte des Walter Schwarz! Alle Sorgen waren vergessen und der Zukunft stand nichts mehr im Wege.

Nach dem Frühstück musste Claire wieder in die Firma und sie vereinbarten, dass sie sich für den folgenden Tag frei nehmen würde, um gemeinsam die weitere Zukunft zu planen. „Ich fahre jetzt zurück und am Abend bin ich wieder bei dir, Clair." Er war einfach glücklich und meinte: „Ich kann das Wiedersehen kaum mehr erwarten."

Er fuhr auf die Autobahn und beschleunigte den Wagen, diesmal nicht so schnell, denn er hatte jetzt ja Verantwortung für ein Kind zu tragen.

Nach zwanzig Kilometern läutete das Autotelefon. Sein Freund und Kollege Peter Grabner war am Apparat. „Du Walter, wir fünf Kollegen sitzen hier im Rasthaus am See und es ist eine tolle Stimmung. Du musst unbedingt zu uns kommen."

„Da bin ich gleich dabei", war die Antwort von Walter Schwarz. „Ich bin in einer halben Stunde bei euch."

Die Kollegen saßen in dem schönen Wintergarten der Rast-
station und die Stimmung war am Höhepunkt. Mit großem
Hallo wurde Walter Schwarz begrüßt. Dann ließen sie bereits
eine weitere Runde Bier auffahren. „Walter, wir haben einen
guten Tipp für dich und wir möchten dich gerne in unsere
spezielle Runde aufnehmen. Weil uns das Ganze schön langsam zu stressig wird."

„Was wollt ihr denn von mir?

„Na ja schau, du kennst ja die Chefeinkäuferin vom ‚WUM‘,
Zentrum, die Claire de Boer." „Ja sicher", meinte Walter
Schwarz, „sie ist ja meine beste Kundin."

„Nun hör zu, der Rudi hatte doch einen Herzinfarkt und
jetzt kann er nicht mehr mitmachen. Es ist uns also einer ausgefallen. Wir haben nicht so oft Zeit und wir dachten, da
könntest doch du einspringen."

„Ja warum denn?" fragte Walter Schwarz ahnungslos. „Schau
Walter, jedes Mal, wenn wir bei ihr einen Termin haben,
gibt's immer das gleiche Ritual, Termin, Auftrag, Mittagessen, und dann lassen wir uns von ihr am Parkplatz sozusagen
‚schwächen‘. Falls wir übernachten müssen, geht es in ihrer
kleinen Garconnière weiter, manchmal auch zu dritt! Es ist
alles genau zwischen uns getimt, sodass wir uns nicht in die
Quere kommen. Wir sparen viel Geld, da wir nicht in dieses
sauteure Bordell gehen müssen. Sie ist ja ein Spitzenweib. Wir
haben überlegt, du könntest auch mitmachen und den Rudi
sozusagen ersetzen. Denn dieses Luder ist unersättlich und
kann nicht genug bekommen."

Walter Schwarz wurde es plötzlich wirklich schwarz vor
den Augen und er sank in sich zusammen. Gott sei Dank war
ein Arzt im Rasthaus und versorgte ihn sofort. Sein Kollege
Rudi beugte sich zu ihm und meinte: „So aufregen brauchst
dich aber wirklich nicht. Die packst du noch allemal."

Walter Schwarz verließ dann schnellstens und grußlos die
Runde und startete seinen Wagen. Er beschleunigte das Fahr-

zeug auf über zweihundert Stundenkilometer und dann griff er zum Autotelefon und wählte die Nummer von Claire de Boer. Als sie abhob und er zum Sprechen ansetzte, raste ein brutaler Schmerz durch seine Brust. Er fasste sich ans Herz und verriss seinen Wagen. Das Letzte, was er nur noch schemenhaft erkennen konnte, war das Schild am Lenkrad, „Während der Fahrt sollst du nicht telefonieren." Walter Schwarz war bereits bewusstlos, als der Wagen auf das Bankett geriet, schleuderte und auf die gegenüberliegende Fahrbahn katapultiert wurde. Ein Tankwagenfahrer konnte nicht mehr ausweichen und der schwere Wagen raste in den Anhänger, der durch die Wucht vom Zugfahrzeug abgerissen wurde. Der Anhänger und der Wagen von Walter Schwarz stürzten die Böschung hinunter und explodierten. Walter Schwarz wurde aus dem Wagen geschleudert und war bereits tot, als ihn die Helfer fanden.

In den Abendnachrichten kam die Meldung über den schweren Unfall: „Der Wagen des Lenkers, einem Manager des größten Textilbetriebes des Landes, geriet aus unbekannter Ursache auf einem geraden und übersichtlichen Teilstück der Autobahn plötzlich über die mittlere Leitschiene auf die Gegenfahrbahn. Dabei krachte er in den Anhänger eines Tanklastzuges. Der Manager wurde tot neben dem Wagen aufgefunden. Experten einer Kommission sind mit Ermittlungen beauftragt. Da es Vermutungen gibt, der Unfall könnte in Zusammenhang mit der Entlassung von einigen hundert Angestellten und Arbeitern des Textilkonzerns stehen, ist daher auch ein Suizid nicht auszuschließen. Die Polizei hat ebenfalls Untersuchungen aufgenommen."

Am nächsten Tag bereitete die Obduktion der Leiche von Walter Schwarz dem Gerichtsmediziner vorerst gewisse Zweifel an der Todesursache. Walter Schwarz wies durch die im Fahrzeug befindlichen Sicherheitseinrichtungen des schweren Wagens keine Verletzungen auf, die seinen Tod bedeutet hätten. Nach eingehenden weiteren Untersuchungen, auch durch Beiziehung eines Herzspezialisten, kamen die Ärzte zu dem Ergebnis, dass Walter Schwarz bereits vor dem Crash an einem sogenannten „Broken Heart Syndrom" gestorben war.

Am selben Tag läutete bei Peter Grabner das Telefon. Claire de Boer war am Apparat. „Liebling, ich könnte dir bereits morgen einen früheren Vorlagetermin verschaffen."

„Das ist ja toll", meinte Peter Grabner. „Ich habe auch noch eine wunderbare und herrliche Nachricht für dich Peter. Aber dieses Geheimnis und diese wunderbare Nachricht verrate ich dir erst morgen Abend nach unserem feinen Abendessen, das ich für uns bereiten werde. Ich freue mich schon so sehr auf dich! Liebling, hast du wieder ein so schönes Geschenk für mich, wie das letzte?"

HERZ FÜR AUTOREN A HEART FOR AUTHORS À L'ÉCOUTE DES AUTEURS MIA KAPΔIA ΓIA ΣYΓΓP
FÖR FÖRFATTARE UN CORAZÓN POR LOS AUTORES YAZARLARIMIZA GÖNÜL VERELIM SZÍ
PER AUTORI ET HJERTE FOR FORFATTERE EEN HART VOOR SCHRIJVERS TEMOS OS AUTO
ZÖINKÉRT SERCE DLA AUTORÓW EIN HERZ FÜR AUTOREN A HEART FOR AUTHORS À L'ÉCOU
BCEЙ ДУШОЙ K ABTOPAM ETT HJÄRTA FÖR FÖRFATTARE Á LA ESCUCHA DE LOS AUTOF
MIA KAPΔIA ΓIA ΣYΓΓPAΦEIΣ UN CUORE PER AUTORI ET HJERTE FOR FORFATTERE EEN H
ZERZÖINKÉRT SERCE DLA AUTORÓW EIN HERZ FÜF
ORAÇÃO BCEЙ ДУШОЙ K ABTOPAM ETT HJÄRTA FÖF

Der Autor

wolf k. moor (Pseudonym), Jahr-
gang 1946, entstammt einer alten
Salzburger Familie. Er war jahrzehntelang selbständiger Geschäftsführer
seiner Handelsagentur. Durch seine
auch beruflich bedingten Reisen
in die ganze Welt und das Zu-
sammentreffen mit Menschen vieler
Nationalitäten bringt er ein breites Spektrum an
Erfahrung und Menschenkenntnis in seine neuen,
mit schwarzem Humor und Witz gespickten
Erzählungen seines Buches „Kakadu fressen
Chihuahua – oder der Snookermord" ein, das er
aufgrund des Erfolgs seines ersten Krimis „Die
Morde des Herrn John Goff" früher als geplant
veröffentlichte.
Privat sind für den Autor seine Familie, seine Tiere
und der Garten die wichtigen Lebensinhalte.
Seine Hobbys Billard (Snookern), Kartenspiele und
Tischtennis sind nur einige seiner zahlreichen Be-
schäftigungen.

Der Verlag

> *Wer aufhört
> besser zu werden,
> hat aufgehört
> gut zu sein!*

Basierend auf diesem Motto ist es dem novum Verlag
ein Anliegen neue Manuskripte aufzuspüren, zu ver-
öffentlichen und deren Autoren langfristig zu fördern.
Mittlerweile gilt der 1997 gegründete und mehrfach
prämierte Verlag als Spezialist für Neuautoren in
Deutschland, Österreich und der Schweiz.

**Für jedes neue Manuskript wird innerhalb
weniger Wochen eine kostenfreie, unverbind-
liche Lektorats-Prüfung erstellt.**

Weitere Informationen zum Verlag und
seinen Büchern finden Sie im Internet unter:

www.novumverlag.com

Bewerten
Sie dieses Buch
auf unserer
Homepage!

www.novumverlag.com

wolf k. moor

TED –
Die Morde des
Herrn John Goff

ISBN 978-3-99048-564-4
262 Seiten

John Goff besitzt das Familienrezept für eine tödliche Giftpaste,
und er macht regen Gebraucht davon. Jeder, der ihm im Weg
steht, scheidet auf mysteriöse Weise aus dem Leben. Gelingt
es dem ehemaligen Polizeihauptkommissar Hugo Perc, ihm das
Handwerk zu legen?